Das gebrochene Gelübde

Edith Flubacher

Das gebrochene Gelübde

Mein Großvater, der Priester

Alle Rechte vorbehalten, einschließlich derjenigen des auszugsweisen Abdrucks und der elektronischen Wiedergabe.

© 2008 Wörterseh Verlag, Gockhausen

Bearbeitung: Marc Zollinger, Lanuvio
Lektorat: Jürg Fischer, Uster
Korrektorat: Claudia Bislin, Zürich
Herstellung und Satz: Sonja Schenk, Zürich
Umschlaggestaltung: Thomas Jarzina, Köln
Druck und Bindung: CPI books, Ulm

ISBN 978-3-03763-003-7
www.woerterseh.ch

Vorwort
Man muss ihr begegnet sein, um es glauben zu können. Mit 85 Jahren noch so energiegeladen zu sein, ist bewundernswert. Edith Flubacher denkt schnell, denkt viel, erzählt gerne und lacht oft. Sie mag zwar wie eine ältere Dame aussehen, im Gemüt ist sie das quirlige Mädchen aus dem Schwarzwald geblieben, das damit zu leben gelernt hat, dass die Gedanken in ihrem Kopf wie Rennpferde herumgaloppieren und sich weder leicht zügeln noch lenken lassen. Wer ihr zuhört, sollte darum ziemlich beweglich sein. Edith Flubacher schafft es, innert kurzer Zeit in die unterschiedlichsten Gedankenwelten zu reisen. Dazu serviert sie Kaffee in vorgewärmten Tassen sowie Zwetschgenwähe und verfolgt nebenbei gelegentlich am Teletext die aktuellen Börsendaten.

»Zur Sache, Schätzchen«, würde sie jetzt wohl einwerfen. Edith Flubacher setzt gerne Akzente mit Zitaten oder Sprüchen.

Und sie mag es nicht, wenn man um den Brei herumredet.

Sache ist: Ihr Großvater hätte eigentlich ein friedlicher Vermittler zwischen Himmel und Erde sein müssen. Stattdessen gingen nicht nur die Gedanken mit ihm durch. Dieser Mann hätte nie Priester werden sollen – oder wenigstens hätte er das nicht bleiben dürfen. Doch die kirchliche Obrigkeit tat, was sie in diesen Fällen meistens tat: Sie versetzte ihn alle zwei, drei

Jahre an einen neuen Ort; in der Hoffnung, er setze sich nun endlich die Scheuklappen auf, die jeder Hirte der katholischen Tradition seinem Gelübde gemäß zu tragen hat.

»Der Krug geht zum Brunnen, bis er bricht«, ist ein anderes Zitat aus dem Repertoire von Edith Flubacher.

Über viele Jahrzehnte hinweg hatte dieser Großvater keinen Platz im kollektiven Gedächtnis der weitverzweigten Familie. Oder anders gesagt: Der Priester und seine Taten waren zu einem Tabu geworden.

Sie wären schließlich ganz vergessen gegangen, wäre da nicht diese Enkelin gewesen. Als hätte sie ein Engel gestochen, heftete sie sich an die Fersen des Großvaters, reiste in längst vergangene Zeiten und brachte so Licht in ein Kapitel voller Schatten. Was als Zeitvertreib nach der Pensionierung begonnen hatte, wurde zu einem Krimi mit ungewissem Ausgang. Selbst als sie Dinge erfuhr, die sie nur schwer verdauen konnte, war Edith Flubacher nicht zu bremsen. Sie wollte mehr, wollte alles wissen – sie wollte verstehen. Über fast zwanzig Jahre zogen sich ihre Recherchen hin, die schließlich in ein Manuskript mit mehr als 260 dicht beschriebenen A4-Seiten mündeten.

Entstanden war eine Art historischer Roman mit fiktiven Elementen, basierend auf einer realen, durch viele Quellen belegten Lebensgeschichte. Der Text kam ihr allerdings allzu ausufernd vor, weshalb sie einer Schweizer Schriftstellerin den Auftrag erteilte, ihn zu kürzen und stringent zu machen.

Edith Flubacher war auch nach dieser Bearbeitung noch nicht zufrieden und wandte sich an das Literaturhaus Basel. Im

Gutachten wurde ihr bestätigt, dass die Geschichte noch nicht die optimale Form gefunden hatte. Zugleich zeigte sich der Experte aber vom »Stoff« beeindruckt. Er schrieb: »Das Thema ist spannend, in seiner Potenzialität ergiebig, erzählerisch reizvoll und sowohl von politisch-sozialer also auch von literarischer Aktualität (…) Der Rezensent wagt die Behauptung, dass der Stoff – einmal in die geeignete Form gebracht und mit den gebührenden narrativen Mitteln behandelt – zum Bestseller taugen könnte.«

Die Fügung wollte es, dass das Manuskript bei der Verlegerin Gabriella Baumann-von Arx landete, die schnell erkannte, dass sie einen Edelstein in die Hände bekommen hatte. Es blieb einzig, ihn zu schleifen und eine passende Struktur zu finden. Zu meiner Freude wurde mir, einem Historiker und Journalisten, die Rolle des Diamantschleifers zugewiesen. Es war eine Arbeit, die mich reich machte; wegen des reichhaltigen Materials an Geschichte und Geschichten, vor allem aber wegen der vielen bereichernden Begegnungen mit der Autorin. Offen, direkt und mutig, aber auch nachdenklich, verletzlich und zweifelnd – Edith Flubacher offenbarte mir vom ersten Moment an alle Facetten, in denen sich 85 dichte Lebensjahre spiegeln. Und sie zeigte mir, wie man die Wähe auch essen kann: mit den Händen.

Aus unserer Zusammenarbeit ist schließlich ein Buch entstanden, das in keine Schublade passt. Es ist eine spannende Biografie, ein historischer Roman, ein Krimi, eine Dokumentation und ein Sachbuch in einem. »Das gebrochene Gelübde« ist aber vor allem die persönliche Aufarbeitung und Verarbeitung einer schwierigen Familiengeschichte.

Edith Flubacher hat sich bei der Spurensuche ihrem Großvater zwar dicht an die Fersen geheftet. Im Text allerdings hält sie ihn und die anderen Personen stets auf Distanz. Nah dran, aber mit Abstand – diese Vorgehensweise lässt viel Raum, damit sich die Leserin, der Leser einen eigenen Zugang zur Geschichte verschaffen kann, die ganz bestimmt niemanden kalt lässt und eindrücklich vorführt, was Christian Morgenstern, einer der Lieblingsdichter von Edith Flubacher, festgehalten hat: »Beim Menschen ist kein Ding unmöglich, im Schlimmen wie im Guten.«

»Hoffen wir das Beste, geneigter Leser« – würde jetzt die Autorin anfügen. Und man müsste sie dabei sehen, um zu verstehen, wie sehr der Schalk aus ihr sprechen kann.

Marc Zollinger

1.

Ich bin im Jahre 1922 an einem steilen Hang im Schwarzwald geboren worden, in einem kleinen abgelegenen Bauerndorf. Ich machte eine kaufmännische Lehre und besuchte die Handelsschule in Lörrach. Anschließend arbeitete ich als kaufmännische Angestellte. 1941 heiratete ich einen Schweizer, der in Weil am Rhein wohnte. Mit ihm flüchtete ich in den letzten Kriegstagen nach Basel. Kurz darauf kam unser Sohn zur Welt. 1955 zogen wir nach Liestal, wo ich bei der kantonalen Verwaltung als Büroangestellte arbeitete. Ich blieb dort, bis ich 62 Jahre alt war. Acht Jahre später verstarb mein Mann nach langer Krankheit.

Nach dem Tod meines Mannes war ich allein, allein mit viel unausgefüllter Zeit. Ich musste mir überlegen, wie ich meine Tage verbringen wollte.

Putzen und Haushalten für mich alleine genügten mir nicht. Man sagte mir, dass ich, nun im Alter angelangt, doch vermehrt an mich denken solle. Man riet mir, mich meiner Gesundheit zu widmen, mich viel zu bewegen, wandern zu gehen, beim Altersturnen mitzumachen, mich einem Seniorenverein anzuschließen. Doch das entsprach alles nicht so ganz meinem Charakter. Ich wollte endlich nicht mehr so viel müssen, sondern einfach das machen, was ich gerne mache. So setzte ich mich eben vor den Fernseher und verfolgte die mir interessant erscheinenden Sendungen.

Die meiste Zeit aber verbrachte ich mit Lesen. Ich wurde eine eifrige Benützerin der Bibliothek meines Wohnortes. Besonders die Regale mit zeitgeschichtlicher Literatur und jene mit Biografien bekannter Persönlichkeiten hatten es mir angetan. Es war Zeit, mein Wissen etwas zu verbessern.

Mein Interesse galt vor allem dem 19. Jahrhundert. Die Literatur dieser Epoche war und blieb für mich wohl deshalb so spannend, weil sie den damals herrschenden Zeitgeist und die Lebensverhältnisse der Menschen beschreibt. Dadurch wurde mir nämlich das Leben meiner Groß- und Urgroßeltern nähergebracht. Sie waren damals noch ein unbekanntes Kapitel für mich.

In dieser Zeit interessierte ich mich immer weniger für die Gegenwart, dafür immer mehr für die Vergangenheit. Fast alle meine Gedanken bewegten sich dorthin zurück, wo mein Leben begonnen hatte. Mein Sohn besorgte mir freundlicherweise einen Computer, für den ich mir in den letzten Monaten meiner Berufstätigkeit noch die wichtigsten Grundkenntnisse hatte aneignen können. Dann fing ich an, die Erinnerungen an meine Kindheit niederzuschreiben. Mir bedeutete dies ein großes Vergnügen. Und ich dachte, dass sich meine Nachkommen über meine Erzählungen später einmal freuen würden. Nachdem ich mich intensiv mit der Vergangenheit befasst hatte, zweifelte ich allerdings, ob meine Aufzeichnungen nur Freude bereiten werden. Schließlich war darin nicht nur Schönes, sondern auch viel Trauriges und Aufregendes beschrieben.

Meine Notizen wurden immer zahlreicher, die Seiten füllten sich. Und so drängte sich alsbald die Frage auf, ob ich aus meinen Erinnerungen nicht ein Buch machen sollte.

Zu meiner Überraschung zeigte sich ein Verlag bereit, meine Erinnerungen abzudrucken. In diesem Buch ging es nur am Ran-

de um meine Vorfahren. Es war vielmehr ein dokumentarischer Bericht über die Zeit meiner Kindheit, über den Alltag in einem kleinen Dörfchen Süddeutschlands und im Basler Grenzland. Es ging um mich (Edith Flubacher, Das Bauerndorf im Schwarzwald. So haben wir gelebt. Geschichten aus Elbenschwand und aus dem Basler Grenzland, Verlag elfundzehn, 2007).

Ich realisierte damals, dass ich eigentlich nur sehr wenige Informationen über meine Vorfahren besaß. Unsere Familie hatte während meiner Kindheit kaum Kontakt mit Verwandten, und es wurde auch fast nicht über sie gesprochen. Mir kam es vor, als ob dichter Nebel über diesem Teil der Vergangenheit liege – insbesondere die Familie meines Vaters blieb mir ein Rätsel.

Ich habe zwar im Laufe meines Lebens gewisse Dinge aus dem Leben meines Vaters und seiner Eltern erfahren – unter anderem durch meine ältere Schwester, die einmal ein ganzes Jahr bei unserer Urgroßmutter verbracht hatte. Während jenes Aufenthalts bekam sie viele Einzelheiten mit, die sie mir dann weitererzählt hat. Aber ehrlich gesagt, interessierte mich dies alles lange Zeit nicht besonders.

Später jedoch, im Alter angelangt, interessierte mich diese Geschichte schon. Mehr als das, sie begann mich zu fesseln.

Das Leben meines Vaters stand schon bei seiner Geburt unter keinem guten Stern. Er wurde 1896 unter traurigen Umständen in einem Krankenhaus in Straßburg auf die Welt gebracht. Seine Mutter, noch ein Mädchen, hatte den eisernen Vorsatz gefasst, den Namen des Kindsvaters nicht zu nennen. Doch die Geburt war allzu schmerzhaft und schwer, und der Druck, den das Spitalpersonal auf das Mädchen ausübte, war zu groß, sodass es den Namen bekannt gab. Eine unglaubliche Familiengeschichte gelangte damit an die Öffentlichkeit. Sonst, wer weiß, wäre alles unter dem Mantel des Schweigens geblieben.

Da die Mutter meines Vaters sehr jung verstarb, wuchs mein Vater zuerst bei einer Großtante und später bei seiner Großmutter auf. So richtig daheim war er aber nirgends. Ich vermute, dass er sein ganzes Leben lang unter seiner Kindheit gelitten hat beziehungsweise unter den Gründen seines Daseins. Manchmal hat er mir dieses oder jenes von seiner Familie erzählt – zu wenig, wie ich feststellen musste. Nur einmal in meinem Leben machte er mit uns eine Reise in seine Heimat. Ich war damals aber noch klein.

Als ich beim Verfassen des Buches tief in die Vergangenheit eingetaucht war, kam mir eine Episode aus meiner Kindheit wieder in den Sinn:

Es muss etwa im Jahre 1932 gewesen sein, als eines Tages ein fremder Mann bei uns zu Hause anklopfte. Es war ein Hausierer, der über die Schwarzwaldhöhen zog und auch in unserem Haus seine Ware zum Verkauf anbot. Hausierer wussten durch ihre pausenlose Wanderschaft bestens Bescheid über alles, was in der Gegend lief. Und dieser Mann, Deckel hieß er, war besonders begabt, Geschichten zu sammeln. Er war besser informiert als jede Tageszeitung und verfügte über eine ausgezeichnete Spürnase, mit der er all die Geschichten aufstöberte, die das Leben schrieb.

Jenem Mann war sogleich unser Familienname aufgefallen, der in der Gegend sonst kaum vorkam. Er erzählte meiner Mutter, dass vor vielen Jahren, noch im vergangenen Jahrhundert, im Pfarrhaus seiner Heimatgemeinde zwei Frauen gleichen Namens gewohnt hätten, die mit dem Pfarrer verwandt und in einen von ihm verschuldeten Skandal verwickelt gewesen seien.

Es stellte sich im Verlauf des Gespräches heraus, dass es sich bei der älteren Frau um eine Urgroßtante handelte und bei der jungen, einem erst vierzehnjährigen Mädchen, um die Mutter meines Vaters.

Deckel konnte sich nur zu gut an die Empörung und Aufregung erinnern, als die Bevölkerung von der heimlichen Flucht des Pfarrers erfuhr. Wie ein Lauffeuer habe sich herumgesprochen, was dieser dem Mädchen angetan hatte.

Ich bekam von der ganzen Geschichte, die Deckel erzählte, nur wenig mit. Sie war ja auch nicht für meine Ohren bestimmt. Ich konnte aber an der Reaktion meiner Mutter erkennen, dass sie sehr bewegend sein musste.

Als ich mich mit der Niederschrift meiner Erinnerungen beschäftigte, wollte ich mehr über die geheimnisvolle Geschichte wissen, über die der Hausierer berichtet hatte. Ich begann, Informationen über das Leben meines Großvaters zu sammeln, und stellte dabei mit großem Erstaunen fest, wie viel in Urkunden, Kirchenbüchern, Archiven und Chroniken festgehalten wurde – in meinem Fall war es in gewisser Hinsicht mehr, als mir lieb war. Ich schrieb dennoch alles auf, was ich in Erfahrung brachte, und erkannte, dass sich die Einzelteile immer mehr zu einer Geschichte entwickelten, die möglicherweise ein weiteres Buch hergeben würde. Allerdings ein ganz anderes Buch als das erste.

Das fromme Elternhaus

Wie fast jeden Frühling strahlte auch im Jahre 1835 die fruchtbare Gegend des Kraichgaus in unbeschreiblich schönen Farben. Die Obstbäume, die Pflanzen auf den Feldern und in den Gärten blühten in voller Pracht. Und auch an den Rebhängen zeigte sich die Natur von ihrer besten Seite.

Als in den letzten Apriltagen auf dem Bauernhof der Familie Schreiber[1] zu den sechs Geschwistern ein weiteres Kind dazukam, war die Freude groß. Für die strenggläubige katholische Familie bedeutete ein Kind ein Geschenk Gottes. Noch am Tag seiner Geburt ließ man das Büblein auf den Namen Antonius taufen.

Die Wohnverhältnisse im Bauernhaus der Schreibers waren eng. Wie die meisten Dorfbewohner in Rittersbach beherbergten auch sie unter ihrem Dach mehrere Generationen. Das Zusammenleben von Jung und Alt verlief nicht überall harmonisch, aber auf dem Schreiberhof blieb es vornehmlich ruhig, friedlich und gesittet. Vater und Mutter Schreiber hielten ihre Eltern und Großeltern in Ehren, so wie es die Gebote Gottes vorschrieben.

In aller Frühe standen die Kleinbauern auf, versorgten das Vieh und rackerten in den Weinbergen und auf den Äckern. Auch Anton ging schon als kleiner Bub mit aufs Feld, füllte Körbe mit Kartoffeln, pflückte Beeren am Waldrand, bündelte geschnittenes Rebholz und steckte Zwiebeln. Der Vater und die größeren Geschwister schonten den Kleinsten, so gut es ging, oft war er bei der Mutter in der Küche, sah zu, wie sie Kartoffelgerichte zubereitete, den Ofen feuerte, Kleider ausbesserte und den Fußboden schrubbte. Seit Mutter ihr letztes Kind, ein Mädchen, noch am Tage der Geburt verloren hatte, fielen ihr die Feldarbeiten schwer, doch Anton hörte sie nie klagen, sie trug das Schicksal tapfer, erzählte ihrem Jüngsten Geschichten aus der Bibel, beschrieb ihm arme Leute, die durch

---

[1] Alle Namen in diesem Buch sind geändert worden, es sei denn, es handle sich um eine bekannte historische Person. Zur besseren Übersicht über die komplizierten Familienverhältnisse siehe Stammbaum Seite 191.

Feuer Hab und Gut verloren, berichtete von Hungersnöten, von Halodris, die Gottes Gebote missachteten und im Fegfeuer ausharren mussten.

Abends, wenn die Geschwister Hausaufgaben machten, nutzte Anton die Gelegenheit, dies und jenes aufzuschnappen; als er mit sechs eingeschult wurde, konnte er bereits lesen und beherrschte das Einmaleins.

Die Schule langweilte Anton dann aber, lieber heckte er Streiche aus, streifte durch den Wald, spielte mit seinen Geschwistern und ließ sich vom älteren Bruder historische Geschichten erzählen. Bald ließen seine schulischen Leistungen nach, und er wurde ermahnt, seine Hausaufgaben gewissenhafter zu erledigen. Er schade sonst dem guten Namen der Familie. Diese gehörte nämlich in der Gemeinde zu den angesehensten frommen Dorfbewohnern. Ihr Ruf beruhte auf der fleißigen, stillen, gottesfürchtigen Lebensweise.

Als Anton dreizehnjährig war, begann er sich überraschenderweise immer mehr für den Schulstoff zu interessieren. Aus einem nachlässigen Schüler wurde ein eifriger Streber. Zu Hause las er oft und stundenlang in der Bibel, um dann in seinem Lieblingsfach, dem Religionsunterricht, beim Gemeindepfarrer von Windeck-Rittersbach zu brillieren.

Die Mutter beobachtete mit wachsendem Stolz das Verhalten ihres Jüngsten. Sie nahm ihn mit auf Wallfahrten, ließ ihn das Vaterunser vorbeten und lobte seine Gottesfürchtigkeit bei jeder Gelegenheit.

Grund für diesen Wandel Antons war der neue Pfarrer in der Nachbargemeinde Neusatz. Dieser hatte in kurzer Zeit nach seiner Ankunft ein heiliges Feuer entfacht, das Gläubige aus der ganzen Region in Scharen anzog. Josef Bäder, so sein Name, war ein wortgewaltiger und extrem charismatischer Gottesmann, der zum bedingungslosen christlichen Leben aufrief. Er predigte: »Habt Ehrfurcht gegen euch selbst, arbeitet, gehet keine Stunde müßig, achtet euch als Christen, die Jesus in sein göttliches Wesen eingefriedigt hat, bleibt Maria, dieser starken Frau, empfohlen, kreuzigt euren Leib, damit er euch nicht kreuzigt!« Diejenigen, die sich von ihm angesprochen fühlten, verehrten Bäder wie einen Heiligen. Andere, die ihn gelinde gesagt für einen Übereifrigen hielten, schimpften über ihn.

Die Familie Schreiber zählte zu den größten Anhängern Bäders. Die Erwachsenen unter ihnen gingen regelmäßig zu ihm zur Beichte. Besonders Bernarda, eine der Schwestern von Anton, war dem Pfarrer zugetan. Sie legte bei ihm das Gelübde der Jungfräulichkeit ab – ein Ritual, das Bäder besonders am Herzen lag, die Kirchenoberen aber mit Misstrauen verfolgten. Die frischgebackene »Magd des Herrn« begab sich öfters mit ihrem kleinen Bruder ins Pfarrhaus, wo sie im Haushalt mithalf. Bei einem dieser Besuche führte Bäder mit dem jungen Anton ein längeres Gespräch und lehrte ihn eines seiner Gebete. Das helfe ihm, sittlich rein zu bleiben:

»O Gott, präge deine Furcht und Liebe mir ins Herz und stärke die schwache Natur wie den Felsen der Kirche. Nie will ich vom Gebete lassen, sondern in Andacht und Liebe fest an dir halten, o starker Gott! So oft ich zum Himmel blicke, will ich denken, dass dort nichts Unreines eingehen kann, und will so im Herzen ohne Flecken und Falten bleiben.

O mein Jesus, du hast meine Seele in deinem Blute abgewaschen, und ich sollte sie nun mit Sünde schän-

den! Du hingst für mich büßend und blutend am Kreuzesstamm, den Himmel mir zu öffnen, und ich sollte das Paradies wegwerfen und nach dem Apfel begehren! O mein Jesus, Dir opfere ich mich ganz, bewahre mich rein an Leib und Seele bis ins tiefe Herz hinein.«

Mit der Zeit wurde das Leben im Bauernhaus zu Rittersbach ruhiger, was dem jungen Anton gar nicht gefiel. Seine Schwester Margaretha heiratete Timotheus Scherer, einen Bauernsohn des Nachbardorfes, und zog mit ihm in das alte Haus mit der kleinen Landwirtschaft seiner Großmutter. Sie pflegten die alte Frau und versuchten, von den erwirtschafteten Erträgen zu leben. Bot sich Gelegenheit, nahm Timotheus Arbeit als Taglöhner oder Holzmacher an.

Joseph und Amalia wanderten nach Amerika aus, Cäcilia und Kreszenzia heirateten Bauernsöhne des Dorfes.

Somit lebten außer den Eltern nur noch Bernarda und Anton auf dem Hof. An ihnen blieb die viele Arbeit hängen, denn der Vater hatte seit Jahren gesundheitliche Probleme, und der Mutter gingen die bäuerlichen Arbeiten über die Kräfte. Margaretha und Timotheus kamen oft mit ihren Kindern zu Besuch und halfen tatkräftig mit. Darüber freute sich auch Anton, der nicht viel älter war als die fünf Kinder von Margaretha, seiner Schwester. Karoline übertraf er um sieben Jahre, Juliana um neun, Anna um elf, Alphons um dreizehn und Theresa, die Jüngste, kam erst später, 1851, auf die Welt. Im Kreise seiner Nichten und Neffen ging es nicht so streng und fromm zu wie bei seinen älteren Geschwistern.

Am schönsten war es im Herbst, wenn gute Ernten eingefahren werden konnten und zur Weinlese die Burschen und

Mädchen auf dem Schreiberhof eintrafen. Es musste zwar hart gearbeitet werden, aber es herrschte unter den jungen Leuten eine fröhliche Stimmung, insbesondere nach Feierabend. Da floss der Rebensaft jeweils in Strömen. Anton, kräftig gebaut und von eindrücklicher Statur, war stets unter jenen, die bis zum Schluss mithalten konnten.

Es sah damals so aus, als müsste Anton als jüngster Sohn seiner Familie, wie im Erbrecht vorgesehen, den elterlichen Bauernbetrieb übernehmen. Die Umstände machten das ohnehin bereits jetzt zur Realität. Der Gesundheitszustand des Vaters verschlechterte sich nämlich zusehends. Er war dringend auf die Hilfe des Sohnes angewiesen. Anton musste seinen Wunsch, eine höhere Schule zu besuchen oder einen Beruf zu erlernen, zurückstellen.

Seine Schwester Bernarda war inzwischen ihrem Herzen gefolgt und in ein Kloster eingetreten. Sie stand in regem Briefwechsel mit Anton. Immer wieder erinnerte sie ihn daran, wie schön es doch wäre, wenn er – wie sie es nannte – in den heiligen Stand treten würde. Sie war geradezu davon beseelt, den kleinen Bruder zum Priester zu machen. Dies insbesondere, weil sie eines Nachts einen Traum hatte. Darin kam ein für Anton bereitgestellter Kasten vor, der mit vielen Blumen ausgeschmückt war. Eine Stimme sagte, dass jetzt einige der Blumen gepflückt würden, die anderen würden jedoch für später aufgehoben. Bernarda deutete den Traum so: Die jetzt gepflückten Blumen seien ein Hinweis auf seine bevorstehende heilige Kommunion, und die aufgesparten Blumen würden bedeuten, dass er später in den heiligen Stand eintreten werde.

Einen Priester in der Familie zu haben – gäbe es etwas Ehrenhafteres?

Am Tage seiner ersten heiligen Kommunion war Anton sehr nervös. Er hatte sich gewissenhaft darauf vorbereitet. Besonders gespannt war er auf seine erste Beichte. So viel schon hatte er darüber gehört, und gerade bei Pfarrer Bäder konnte er beobachten, wie sichtbar verändert die Menschen nach dem Akt in die Welt schauten. Anton wollte es perfekt machen. Schon Wochen zuvor hatte er sich alles im Kopf zurechtgelegt. Doch dann, als er an der Reihe war, versagte ihm vor Aufregung die Stimme, weshalb er nicht alle Sünden bekennen konnte. Der Beichtvater, der annahm, dass alles ausgesprochen worden war, erteilte dem Jungen die Absolution.

Dieser Umstand führte bei Anton zu großen seelischen Nöten. Die innigen Briefe aus dem Kloster, in denen Bernarda einmal mehr betonte, dass er zum Priester berufen sei, legten weiteren Zunder in sein erhitztes Gemüt. Der Widerspruch zwischen dem, was er zu sein glaubte, und dem, was er in den Augen anderer sein sollte, kam ihm voll zu Bewusstsein.

Als der bald Sechzehnjährige mit seiner Mutter an einer von Pfarrer Bäder geführten Prozession nach Sasbachwalden teilnahm, wo ein junger Missionar eine Predigt hielt und die Beichte abnahm, ergriff Anton die Gelegenheit und schüttete sein übervolles Herz aus. Als er den Beichtstuhl verließ, fühlte er sich wie neugeboren. Zum ersten Mal in seinem Leben empfand er heftigste religiöse Gefühle. Er fühlte sich voll und ganz von der Gnade Gottes ergriffen – ja, es war, als sei er in ihr und von ihr richtiggehend umgestaltet worden. Auf einmal war alles anders geworden: Im Gebet wurde plötzlich jedes Wort zur Salbung, und wo früher Unruhe das Gewissen plagte, flossen Tränen aus Liebe zu Gott.

Kurze Zeit später hörte Anton durch Zufall von einem Pater, der junge Leute mitnahm nach Amerika, um sie dort für den geistlichen Stand heranzubilden. Er erbat sich von seinem Beichtvater ein Empfehlungsschreiben und begab sich nach Freiburg. Dort bekam er vom aufgesuchten Pater den Rat, zwei Jahre Lateinisch zu lernen und sich dann wieder zu melden. Seine Mutter unterstützte das Vorhaben und schickte ihn zu Pfarrer Bäder in den Privatunterricht.

Um im Dorf kein Aufsehen zu erregen, arbeitete Anton wie bisher auf dem Hof seiner Eltern und benützte die ruhigen abendlichen und nächtlichen Stunden, um zu studieren.

In dieser Zeit änderten die Eltern ihre Besitzverhältnisse. Sie verteilten einen großen Teil ihrer Grundstücke an die Kinder. Der verbleibende Teil musste weiterhin bewirtschaftet werden, sodass immer noch viel Arbeit übrig blieb.

Im Jahre 1853 ging für Anton der Wunsch, studieren zu können, endlich in Erfüllung. Seine Eltern wollten nicht, dass ihn die viele Arbeit auf dem bäuerlichen Hof noch länger davon abhielt, und verpachteten einen großen Teil ihres Acker-, Wiesen- und Reblandes. Anton musste nun keine Rücksicht mehr auf die Eltern nehmen. Als er sich aber in Bruchsal am Lyzeum anmelden wollte, wurde ihm mitgeteilt, dass das Gymnasium überfüllt sei und er als auswärtiger Schüler auch in Zukunft kaum eine Chance habe.

Er bewarb sich danach am Gymnasium von Offenburg. Ein Onkel mütterlicherseits lebte mit seiner Familie dort. Diese Offenburger Verwandten waren aufgeschlossene Leute, bei denen es frei und ungezwungen zuging. Onkel Albert gehörte – im Gegensatz zur mehrheitlich konservativen Sippe –

zu den Liberalen und setzte sich, was die Kirche anbetraf, für die Religionsfreiheit ein. In politischer Hinsicht war er ein eifriger Verfechter der Revolutionsidee von Hecker und Struve, wie so viele seiner Offenburger Mitbürger.

Als man auf die Anfrage wegen einer Wohngelegenheit eine Zusage erhielt und nach kurzer Zeit auch die Aufnahmebestätigung vom Gymnasium eintraf, freute sich Anton zutiefst. Mit Hilfe des Dorfschneiders und der Störnäherin fertigte man ihm neue Kleider und Hemden an, die zusammen mit seinen Latein- und Griechischbüchern sowie anderen Habseligkeiten in einen Reisekoffer gepackt wurden. Von Vater und Mutter begleitet, setzte sich Anton erwartungsvoll auf die Kutsche, hinter ihm lag sein frommes Elternhaus im stillen Heimatdörfchen.

Anton und seine Mutter sprachen beim Direktor des Gymnasiums vor, überreichten ihm die Zeugnisse sowie den Heimat- und den Impfschein und brachten den Koffer ins Kosthaus. Mutter mahnte ihren Sohn, fleißig zu beten und zu lernen, baldmöglichst nach Hause zu schreiben, den Kleidern Sorge zu tragen.

Nie hatte sich Anton vorgestellt, dass das Leben an einem Gymnasium so hart sein könnte. Schon am ersten Tag musste er die harschen Umgangsformen des Lyzeumsdieners kennen lernen. Einige der Lehrer standen ihm darin kein bisschen nach.

Anton setzte sich in den ersten Wochen der Studienzeit oft am Abend nach der Schule ans Ufer des Rheins und kämpfte mit den Tränen. Jeder Bissen des im Kosthaus erhaltenen, dünn gestrichenen Butterbrotes würgte ihn im Hals. Er dachte an das bescheidene Daheim, die grünen Hügel, an Vater und Mutter, die lustigen Nichten und an die schönen friedlichen Nachhilfestunden beim verehrten Beichtvater. Wenn er sich nicht geschämt hätte, wäre er bereits nach einigen Wochen wieder nach Hause zurückgekehrt.

Nach und nach gewöhnte sich Anton allerdings an die Widrigkeiten, zumal er bald auch die Vorzüge seiner Situation schätzen lernte. Er begann die großen Freiheiten zu genießen, die Freizeit im Kreise von fröhlichen Studienkollegen, das Stadtleben, die Bierhäuser. Als Sohn eines Rebbauern liebte er zwar den Wein, aber seit er von daheim weg war, kam er vermehrt auch auf den Geschmack des Bieres. An Wirtshäusern fehlte es in Offenburg nicht. Hier war man nie allein, an den Stammtischen fehlte es kaum an Unterhaltung. Nicht immer ging es nur fröhlich zu. Es wurde auch sehr ernsthaft und feurig über alles Mögliche geredet. Nur mit politischen Diskussionen hielt man sich seit der Niederlage der Revolution zurück. Die Hoffnungen auf ein Leben mit mehr Freiheit und Demokratie hatten sich zerschlagen. Die Zeit sei eben noch nicht reif, sagte man sich und hoffte auf eine bessere Zukunft.

Nichts, was Anton gefiel, ließ er aus. Wenn er etwas bekommen wollte, setzte er dafür seine ganze Energie ein. Und das war nicht wenig. Anton war ein Vulkan! Er hatte sich inzwischen viel Wissen angeeignet und auch gelernt, gescheit zu reden. Er konnte rhetorisch Feuer entfachen, Gewitter entladen und Steine ins Rollen bringen. Wie gebannt hörte man ihm dann zu.

Ein stattliches Instrumentarium hatte er sich auch in Bezug auf das weibliche Geschlecht zugelegt. Er konnte ganz schön charmant sein und witzig, zeigte auch sanfte Seiten oder war schon mal etwas grob, wenn er Widerstand spürte.

Er sagte sich:
»Freut euch des Lebens,
solang noch das Lämpchen glüht,
pflücket die Blume, eh sie verblüht.«
Es war ihm aber bewusst, dass er sich ein anderes Motto zulegen musste. Er wollte ja eigentlich Priester werden.

Anton war zwar ein regelmäßiger Wirtschaftsbesucher, aber auch ein zumindest ebenso eifriger Kirchgänger. Es gab wohl nur wenige Gymnasiasten, die so viel in die Kirche gingen wie er. In den Weihnachts- und Osterferien suchte er dann daheim bei seinem ehemaligen Beichtvater durch die Beichte und die heilige Kommunion Vergebung seiner Sünden und innere Kraft für den eingeschlagenen Weg zum Priestertum. Auch suchte er regelmäßig im Gebet um Hilfe. Er ging sogar so weit, dass er begann, Gott zu bitten, ihm ein Leiden zu schicken, das ihn näher zu ihm hinführen und durch das er den Weg zu einem gottgefälligen Leben besser finden würde. Diesen Rat hatte er von Beichtvater Bäder bekommen, der insbesondere im folgenden Gebet Trost und Kraft zugleich fand: »Gesegnet sei der Tag, der mir etwas für Dich, o Gott, zu leiden gibt!«

Kurz darauf starb die geliebte Mutter. Das war ein großer Schock für Anton. Er war untröstlich, weil ihm niemand von ihrer Krankheit berichtet hatte, sodass er sie nicht mehr rechtzeitig besuchen und sich von ihr verabschieden konnte. Anton hatte seine Mutter sehr geliebt. Sie war die Einzige, die ihn richtig verstanden und bedingungslos geliebt hatte. Nur sehr selten hatte sie ihn wegen seiner Fehler gerügt, umso mehr hatte sie ihn innigst in ihre Gebete eingeschlossen.

Anton machte sich Vorwürfe, den Tod seiner Mutter wegen seiner Gebete mitverursacht zu haben. Und er hatte ein schlechtes Gewissen, weil er die körperliche und auch seelische schlechte Verfassung seiner Mutter nicht richtig erkannt hatte. Seit Jahren hatte sie nämlich in Kummer und Sorgen gelebt. Vor allem die Auswanderung zweier ihrer Kinder hatte sie schwermütig gemacht. Im Hungerjahr 1847 war Sohn Joseph der herrschenden Not entflohen und, nur wenige Monate nach der Hochzeit, mit seiner schwangeren Frau Sophie nach Amerika abgereist. Sophie wurde auf der strapaziösen Seereise schwer krank. Sie starb, noch bevor das Schiff in Amerika ankam. Die ganze Familie war zutiefst erschüttert, und Amalia, die erst fünfzehnjährige Tochter, entschloss sich kurzerhand, ebenfalls nach Amerika auszuwandern und ihrem Bruder in seinem schweren Leid beizustehen. Für sie war die Auswanderung zudem eine Gelegenheit, dem trostlosen und frömmlerischen Leben im Schwarzwald zu entkommen. Alles, was sie tat, kritisierte man als Sünde; weil sie mit einem zwanzigjährigen Vetter ein Verhältnis hatte und sich mit ihm an den Dorffesten beim Tanzen vergnügte, bekam sie heftigste Vorwürfe.

Bernarda war aus dem Kloster, in das sie sehr jung eingetreten war, wieder nach Hause zurückgekehrt und wohnte als Einzige noch bei den Eltern. Doch sie war nur mit ihren Zukunftsplänen beschäftigt und hatte nicht bemerkt, dass die Mutter während einer zunächst nicht ernst genommenen Erkältung immer schwächer geworden war. Nachdem Mutter auf Allerheiligen wie jedes Jahr die Familiengräber geschmückt und an einer Wallfahrt teilgenommen hatte, verschlimmerte sich ihr Zustand rasch. Innert kurzer Zeit ging ihr Leben zu Ende, die Flamme erlosch. Den Arzt und den Pfarrer konnte man zwar noch holen, aber für die Benachrichtigung der Kinder war es bereits zu spät.

Bernarda trug sich mit dem Gedanken, in der Nähe ihres Elternhauses, zusammen mit einigen anderen jungen Mädchen, ein Kloster zu gründen. Pfarrer Josef Bäder war der Initiator dieser Idee. Er war zutiefst überzeugt, dass eine Frau Gott am besten in einem Kloster dienen könne.

Bernarda bemühte sich um den Eckhof, einen alten Bauernhof am Berghang hoch über Neusatz, der zum Verkauf stand. Sie stellte ihr ererbtes Vermögen zur Verfügung. Mit Hilfe Bäders und elf anderer junger Frauen kam der Kauf bald zustande. Es war geplant, dem neu gegründeten Kloster ein Waisenhaus anzuschließen und dort arme, verwahrloste und elternlose Kinder aus der näheren Umgebung aufzunehmen. Die Gemeinde begegnete dieser Klosterneugründung und dem angefügten Waisenhaus mit viel Argwohn. Auch die staatliche Obrigkeit leistete wie gegenüber allen im Entstehen begriffenen neuen Klöstern im Land heftigen Widerstand. Das Misstrauen war groß. Schließlich wusste man aus Erfahrung, dass sich unter dem Deckmantel der Wohltätigkeit ein materielles Interesse verbergen ließ, denn die Kinder in solchen Waisenhäusern mussten meistens hart arbeiten. Ein weiterer Dorn im Auge des Staates war, dass die Kinder in den klostereigenen Schulen von den Nonnen unterrichtet wurden und dadurch der staatlichen Kontrolle entzogen waren.

Anton hatte am Gymnasium in Offenburg ein sehr gutes Examen abgelegt. Die Voraussetzung für ein Studium an einer

Hochschule hatte er geschafft. Glücklich und stolz kehrte er in sein Elternhaus zurück. Dort angekommen, wollte er sich etwas Zeit nehmen und überlegen, wie es nun weitergehen sollte. Er vertraute darauf, dass ihm die göttliche Vorsehung den rechten Weg weisen würde.

Zunächst genoss er aber wieder einmal das beschauliche Landleben. Im Elternhaus hatte sich vieles verändert. Die Mutter war nicht mehr da. Und der kranke Vater hatte den Hof seinem ältesten Enkel, der sich mit einem Mädchen aus einer kinderreichen Familie aus dem Dorf verheiratet hatte, zur Bewirtschaftung übergeben. Es war Herbst, die Trauben waren reif, und Antons Mithilfe bei der Ernte war willkommen. Es war wie früher. Schwester Margaretha kam mit ihren fünf Kindern oft zu Besuch. Sie spielten Mühle oder Dame, Schwarzpeter oder »Sechsundsechzig«. Neffe Alphons liebte es, seinen Onkel zu sticheln und Witze über den »scheinheiligen Paternoster« zu machen. Alphons beobachtete nämlich nur zu gut, wie dieser heimlich seinen älteren Schwestern nachstellte.

Bei der jungen Familie der Schwester stand eine Änderung bevor. Margaretha hatte von ihrem Vater ein schönes Grundstück erhalten, das direkt an das Elternhaus angrenzte. So schnell wie möglich wurde mit dem Bau eines Hauses begonnen, denn das großelterliche Haus war baufällig und für die Familie zu klein geworden. Weil aber nicht viel Geld vorhanden war, musste die ganze Familie anpacken. Mit Körben und Eimern schleppten sie Steine, Sand und Zement herbei. Zum Glück waren alle keine Weichlinge. Sogar Theresa, die Jüngste, kräftig gebaut, zeigte, was sie konnte. Sie war schon immer ein zähes fleißiges Persönchen, das gerne Kraft und Ausdauer bewies. Auch Anton packte an, um seinen lieben Verwandten zu einer guten Lebensgrundlage zu verhelfen. In Gedanken war er allerdings mit seinem eigenen Leben beschäftigt. Für ihn stand nun außer Zweifel, dass er studieren wollte, um sein großes Ziel zu erreichen. Aber die Zeiten waren sehr unsicher. Ein Krieg, so sagte man, konnte jederzeit ausbrechen. Und dann hätte Anton sein Studium unterbrechen oder gar beenden müssen. Eine Möglichkeit wäre, sich aus dem Militärdienst auszukaufen, wie das viele seiner Kollegen taten. Doch dann würde ihm vom vererbten Vermögen kaum noch etwas übrig bleiben. Wie dann durchkommen? Er konnte die Sache drehen und wenden, wie er wollte, es schien alles in eine Sackgasse zu laufen – oder anders gesagt, weg vom Pfarrerberuf. Doch dann, aus heiterem Himmel, erreichte ihn der Brief eines Freundes, den er in Konstanz kennen gelernt hatte. Dieser berichtete ihm von einer Kongregation in Frankreich, die junge Menschen für relativ wenig Geld in allen wichtigen Fächern ausbildete, um sie später in die Mission zu schicken, nach Afrika, nach Indien, in die ganze Welt. Anton war begeistert von der Idee und empfand sie als eine »Schickung Gottes«, wie er bei jeder Gelegenheit sagte. Mit einem Aufenthalt in der Kongregation konnte er nämlich viele Fliegen auf einen Schlag treffen: studieren, reisen, eine klösterliche Gemeinschaft erleben, eine fremde Sprache lernen – vor allem aber konnte er den Militärdienst elegant umgehen, und am Schluss bliebe ihm noch genug Geld übrig, um ein standesgemäßes Leben zu führen. »Sehr gut, das werde ich tun«, sagte er zu sich. »So hat es der liebe Gott geleitet, und nun will ich ergreifen, was Er mich anweist.«

Anton schrieb einen Brief, legte seine Zeugnisse bei und schickte die Post nach Amiens, eine Stadt nördlich von Paris, wo die »Congrégation du St-Esprit et de l'immaculé Cœur de Marie« ihren Hauptsitz hatte. Seinem Gesuch um Aufnahme wurde prompt entsprochen, und so ließ Anton umgehend seine geerbten Güter versteigern und reiste nach Frankreich.

Das Leben in der Fremde erwies sich als Segen. Fernab von allem, was er kannte, von allen Problemen und Versuchungen der Welt und eingebunden in eine einfache Gemeinschaft freundlicher Menschen konnte er erstmals in seinem Leben so richtig zur Ruhe kommen. Und diese innere Ruhe speiste ihn mit einer ungeahnten Kraft, die sich auch positiv auf die Studien auswirkte. Die drei Klassen, die er in der Kongregation absolvierte, würden nach der Klasseneinteilung in seinem Heimatland der Unterquinta, Oberquinta und Untersexta entsprechen.

Anton war sehr beliebt bei seinen Mitbrüdern. Er war stets gut gelaunt, höflich, zufrieden, bescheiden und zurückhaltend, zumindest für die meiste Zeit seines Aufenthalts. Nach achtmonatiger Probe im Postulat wurde er dann auch in das Scholisticat aufgenommen, das heißt, er wurde zu einem Kind der Kongregation, das nur mit ausdrücklicher Erlaubnis der Oberen wieder austreten durfte.

Im dritten Jahr veränderte sich allerdings sein Wohlbefinden. Anton wurde unruhiger, sehnte sich nach seiner alten Heimat. Die »französische Manier«, wie er sich ausdrückte, die anfänglich durch die Fremdheit noch interessant und irgendwie attraktiv gewesen war, entwickelte sich zu einer Quelle des Ärgers. Wie schön wäre es doch, einfach deutsch und deutlich sagen zu können, was einem auf dem Magen lag – und die Dinge auch zu tun, die man tun wollte.

Anton wollte nach Hause; nicht zuletzt, weil ihm in der Kongregation eine ungewisse Zukunft bevorstand – er konnte ja nicht wissen, wohin man ihn zur Mission schicken würde.

Nach einigem Bitten und Drängen entsprachen die Oberen seinem Herzenswunsch.

Der Schritt in den heiligen Stand
Anton blieb dabei, er wollte Priester werden. Bevor er jedoch an die Universität nach Freiburg gehen konnte, um sich für das Theologiestudium zu bewerben, musste er einige seiner Kenntnisse auffrischen. Was Mathematik und Latein betraf, hatte er keine Befürchtungen. Im Griechischen hingegen fühlte er sich zu schwach. Ein Geistlicher riet ihm, in die Schweiz nach Einsiedeln zu gehen und seinem in Frankreich begonnenen Philosophiestudium noch ein weiteres Jahr hinzuzufügen.

Auf Anfrage hin sagte ihm ein dortiger Pater die Aufnahme zu, die jedoch kurz danach wieder abgesprochen wurde. Der Grund war ein kurz zuvor in einer Zeitung erschienener Artikel, worin dem Kloster der Vorwurf gemacht wurde, im Verlaufe des Schuljahres ohne genaue Prüfung einfach jedermann aufzunehmen. Ein ihm gutgesinnter Pater gab Anton dann den Rat, sich an das Collegium Maria Hilf in Schwyz zu wenden. Anton stellte sich einer Prüfung. Das Resultat war sehr gut, die Zusage wurde umgehend erteilt.

Während seines Aufenthaltes im Kloster Maria Hilf in Schwyz begann ein reger Kontakt mit seiner Cousine Sabine Schreiber. Sie hatte bei einer frommen und begabten Frau das Handwerk der Devotionalienherstellung erlernt, bis sie schließlich in das Kloster Au bei Einsiedeln eintrat.

Nach ihrer Profess ging Sabine Schreiber von dort fort mit dem Gedanken, irgendwo ein Kloster »der ewigen Anbetung« zu gründen. Auf einer Reise in ihre Heimat führte sie das Schicksal, also »Gottes Fügung«, in ein Schwarzwaldtal, wo sie am Vorabend des Fronleichnamfestes in einem heruntergekommenen ehemaligen Schloss zusammen mit drei anderen Schwestern, das klösterliche Leben begann. Da in der gleichen Zeit ein in der Nähe liegendes altes Kloster aufgehoben wurde – das auf der anderen Seite des Rheines gelegene Kloster Rheinau –, konnte Sabine Schreiber dank verwandtschaftlicher Beziehungen zum letzten Prior dieses altehrwürdigen Klosters und kluger Verhandlungen wenigstens einige der wertvollen Kunstgegenstände für das von ihr neu gegründete Kloster erwerben und so vor dem Verschwinden bewahren.

Für die asketische Ordnung und Übung wurde eine aus dem Kloster Au stammende Schwester als Oberin ernannt. Den ökonomischen Teil unterstellte man Schwester Maria Josepha Meinrada, wie Sabine mit ihrem Klosternamen hieß. Einige Jahre später wurde sie Nachfolgerin der Oberin und für alle Belange des Klosters zuständig. Sie und ihre ersten Mitschwestern ließen sich auch durch große anfängliche Schwierigkeiten, Armut, Krankheiten und Kälte nicht entmutigen und folgten zielstrebig ihrer Berufung.

Bald traten auch andere Nonnen ein. Sie führten ein streng monastisch-kontemplatives Klosterleben, das ausschließlich der »Ewigen Anbetung« gewidmet war. Der Leitspruch des heiligen Benedikt, »ora et labora« – bete und arbeite – war die oberste Maxime dieser Ordensfrauen. Neben dem kirchlichen Stundengebet hielten die Benediktinerinnen Tag und Nacht Wache vor dem Tabernakel der Klosterkirche. Dieses »Wachsein für Gott« wurde seit der Gründung ununterbrochen aufrechterhalten. Der monastische Alltag in besonderer Andacht und Stille forderte ein hohes Maß an persönlichem Einsatz. Die schwesterliche Gemeinschaft folgte zwar ganz dem Wort des heiligen Benedikt – »dem Gottesdienst soll nichts vorgezogen werden« –, aber von allen Schwestern wurde auch engagierter Arbeitseinsatz erwartet. Die Mitarbeit in den verschiedenen Werkstätten oder in den landwirtschaftlichen Bereichen des Klosters war notwendig, damit der Lebensunterhalt des Klosters aus eigenen Kräften bestritten werden konnte.

Im Zuge der Reglementierungen unter Bismarck drohte dem Kloster 1872 die Aufhebung, die die Stifterin Maria Josepha Meinrada durch ihr Verhandlungsgeschick abwenden konnte. Sie schaffte es, dass der Vertreter des Großherzoglichen Ministeriums das Kloster als »Verein Ackerbau treibender Jungfrauen« eintragen ließ. Die Klosterfrauen beziehungsweise Vereinsmitglieder trügen auf eigenen Wunsch eine Tracht, argumentierte sie.

Anton nahm sowohl an der Gründung als auch am weiteren Fortbestehen des Klosters und an Sabines persönlichem Leben regen Anteil. Die verwandtschaftliche Beziehung zu seiner Cousine riss nie ganz ab. Im Gegenteil, sie verstärkte sich wieder, als Jahre später ein zwanzigjähriges Mädchen ins Kloster eintreten sollte. Mutter Maria Josepha Meinrada hatte zu diesem Mädchen ein inniges, geradezu mütterliches Verhältnis. Es stammte aus dem gleichen Dorf und hatte den gleichen Vor- und Geschlechtsnamen – Sabine Schreiber – wie sie. Über die genaue verwandtschaftliche Beziehung der Oberin zur neu eingetretenen Novizin wusste man im Kloster zunächst nur wenig. Sie sei eine Tochter des Bruders, also eine Nichte der Frau Oberin.

Nach der Rückkehr aus der Schweiz reichte Anton bei der Großherzoglich Badischen Albert-Ludwig-Hochschule sein Aufnahmegesuch ein mit der Bitte um ein Stipendium für das Konvikt. Weil er wusste, dass er nicht alle notwendigen Vorstudien absolviert hatte, legte er einen ausführlichen Lebenslauf und die Zeugnisse bei. Zu seiner großen Überraschung und Freude wurde seinem Gesuch prompt entsprochen, worauf er die ihm noch gebliebenen Grundstücke verkaufte und unverzüglich mit dem Studium begann. Man schrieb das Jahr 1862.

Die Stadt Freiburg bedeutete in vieler Hinsicht für Anton eine andere Welt, nicht zu vergleichen mit seinem heimatlichen Bauerndorf. Dieses hatte natürlich auch seinen Reiz, aber im Großen und Ganzen verlief das Leben dort doch ziemlich eintönig. Immer war man beschäftigt mit irgendeiner Arbeit. Nun, während seines Studiums lernte er auch den Begriff »Freizeit« kennen, der damals immer mehr in Mode kam. Wenn Anton das Nötige für den Unterricht erledigt hatte, konnte er die übrige Zeit nach seinen Wünschen gestalten. An Möglichkeiten fehlte es nie. Zu den schönsten Erlebnissen während seiner Studienzeit gehörten für Anton die zahlosen Ausflüge mit seinen Kollegen an die Volksfeste in der Umgebung seiner Heimat. Hier konnte er sich ausleben. Und er traf fast immer einen Vetter oder eine Base aus seiner großen Verwandtschaft. Nicht alle seine strengkatholischen Tanten ließen ihren Töchtern an solchen Festen freien Lauf, aber Anton kannte eine Menge Tricks.

Die Jahre an der Hochschule in Freiburg vergingen schnell. Abwechslung gab es genug. Auch in den großen nahe gelegenen Städten Offenburg, Gengenbach und Straßburg gab es viel zu erleben. Das schöne Elsass und dessen Hauptstadt zogen Anton ganz besonders an. Viele seiner schönsten Kindheitserinnerungen hingen mit dem Elsass und besonders mit Straßburg zusammen. Da die Generation seiner Eltern weder Zeit noch genug Geld für große Reisen hatte, verknüpfte man solche Ausflüge in die Ferne mit einem Besuch bei Verwandten. Und in dieser Hinsicht hatte Antons Familie viele Möglichkeiten. Sowohl links wie rechts des Rheins hatte sich die überaus zahlreiche Nachkommenschaft seiner Sippe niedergelassen.

Inzwischen wurden immer mehr Eisenbahnlinien in Betrieb genommen, sodass Anton in der Zeit seines Studiums in Freiburg für seine Ausflüge und auch für die Heimreisen die Eisenbahn benutzen konnte. Ganz allgemein war das Reisen einfacher geworden. Anton schätzte dies, war er doch ein ziemlich rastloser Geist, der kaum stillsitzen konnte. Nicht dass er ganz Deutschland bereist hätte, dafür fehlten ihm Zeit und Geld. Aber zumindest die nähere Umgebung wollte er doch genau kennen lernen, und die Sehenswürdigkeiten sowie das kulturelle Leben der größeren Städte links und rechts des Rheins interessierten ihn immer mehr.

Auf seinen Reisen, aber auch in den freien, einsamen Stunden zu Hause in seinem Kämmerlein nahm Anton oft ein Buch hervor und las. Besonders Stendhals »Le Rouge et le Noir«, das er dank seinem Frankreich-Aufenthalt in Originalsprache lesen konnte, hatte es ihm angetan. Anton war begeistert von der Erzählkraft des Autors, der die psychologische und soziale Entwicklung seines Helden so eindrücklich schilderte und den Leser in die Gefühlswelt des Protagonisten eintauchen ließ. Ja, und zu diesem Julien Sorel, wie der tragische Held hieß, fühlte sich Anton sehr hingezogen.

Sorel hätte das Zeug gehabt, in der napoleonischen Armee Karriere zu machen. In der Restaurationszeit, also nach dem Sturz Napoleons, schien ihm ein sozialer Aufstieg allerdings nur in der Kirche möglich zu sein – obwohl der geistliche Stand keineswegs seinen Anlagen entsprach. Und so wurde er zu einem Heuchler, ohne Überzeugungen und Werte, dafür mit großem Ehrgeiz, der ihn immer höher in die Adelskreise von Paris steigen ließ. Unter dem Einfluss einer leidenschaftlichen Beziehung zu einer Frau geriet er in kriminelle Verleumdungen und endete schließlich auf dem Schafott. Anton las das Buch in einem Atemzug durch.

Während der ganzen Studienzeit kehrte Anton immer wieder in sein Elternhaus zurück, um seinen alten Vater zu besuchen. Mit der nun dort lebenden jungen Familie seines Neffen hatte er ein gutes Verhältnis. Doch lieber hielt er sich nebenan bei der Familie seiner Schwester Margaretha und deren Kindern auf. Sie waren sein Ein und Alles. Ihr anfängliches Glück über das neue Haus war allerdings verflogen. Die finanziellen Sorgen waren groß. Die Erträge aus der kleinbäuerlichen Landwirtschaft reichten für den Lebensunterhalt nicht aus, zumal nun noch Mechthilde, die ledige Tochter von Margarethas und Antons Schwester Cäcilia, in ihrem Haushalt lebte. Margaretha hatte sie bei sich aufgenommen, weil sie ein Kind erwartete. Über den Vater des Kindes schwieg sich Mechthilde hartnäckig aus. Es gab Leute, die im Stillen vermuteten, Anton habe etwas damit zu tun, war er doch damals, als das Kind gezeugt wurde, gerade mit zwei Kollegen zugegen gewesen. Es war Erntezeit, und Anton, wie auch andere Burschen, hatte immer wieder die Nähe des Mädchens gesucht, erinnerte man sich.

Solche Verdächtigungen konnten Anton allerdings nichts anhaben. Er war wie eh und je der Liebling der Verwandtschaft. Stets froh gestimmt, immer hilfsbereit und zu einem Späßchen aufgelegt; so einen hatte man gerne um sich. Seitdem er das Kloster besucht und nun auch mit dem Theologiestudium begonnen hatte, begegnete man ihm mit besonderem Respekt. Wer ihn einst vielleicht für einen Luftibus gehalten haben mochte, begegnete dem zukünftigen Priester nun mit gehörigem Respekt oder mit größtem Stolz.

Bernarda, die am lautesten für den angehenden Gottesmann schwärmte, war inzwischen recht erfolgreich geworden. Ihre Ordensgemeinschaft entwickelte sich immer mehr zu einer Art Genossenschaft. Mit dem Geld, das je nach den Vermögensverhältnissen eingebracht wurde, konnten Güter erworben werden, und mit der gemeinsamen Bewirtschaftung, bei der auch die im angeschlossenen Waisenhaus untergebrachten Kinder tatkräftig anpacken mussten, ließ sich ein größerer Nutzen erzielen. Bernarda gelang es, einige ihrer Jugendfreundinnen zum Klostereintritt zu überreden. Und eines Tages konnte sie auch ihre Schwester Margaretha überzeugen, zusammen mit ihrem Mann und ihren vier Töchtern Karolina, Juliana, Anna und Theresa in die klösterliche Gemeinschaft einzutreten. Hier, im Schutz des Gotteshauses, versprach sich die Familie mehr Sicherheit vor den Unwägbarkeiten des Lebens. Das Haus und die kleine Landwirtschaft überließen sie dem zwanzigjährigen Sohn Alphons und der Nichte Mechthilde, der Tochter von Cäcilia.

Für die fröhlichen Scherer-Mädchen war die Entscheidung ihrer Eltern allerdings eine allzu bittere Tatsache. Eine traurige Zeit begann. In aller Frühe mussten sie zur Messe, die Tage waren ausgefüllt mit Beten und Arbeiten. Lachen, Fröhlichkeit, die Schwere des Lebens in albernen Späßen vergessen galt schon fast als eine Sünde. Einer der wenigen Lichtblicke waren jeweils die Besuche von Onkel Anton.

Im Jahr 1865 gingen für Anton die Jahre in Freiburg zu Ende, und er schloss sein Studium mit guten Zeugnisnoten ab. Nach einem kurzen heimatlichen Ferienaufenthalt trat er ins Priesterseminar ein.

Es gab in der katholischen Christenheit wohl nicht viele Seminarien, die für ihren Zweck so geeignet waren wie das im Laufe der Zeit viermal abgebrannte und wiederaufgebaute Gebäude des ehemaligen Benediktinerklosters St. Peter. Die stattliche Abtei auf einsamer Bergeshöhe des Schwarzwaldes diente den Kandidaten des Priesteramtes als Wohnstätte im letzten Jahre der Ausbildung.

Im Jahre 1866, kurz vor Mittag eines grau verhangenen Tages im November, trafen die angehenden 43 Seminaristen im Gebäudekomplex des ehemaligen Klosters ein und wurden in ihre Mönchszellen verteilt. Antons Unterkunft lag zu ebener Erde, gleich beim Eingang zum Klostergarten, mit Aussicht auf Kräuter, Blumen und die mächtigen Klostermauern.

Als sich Anton nun allein in seinem kleinen Gemach befand und er sich vorstellte, wie er hier nun fast ein Jahr lang abgeschieden und einsam leben sollte, überfiel ihn eine unsägliche Sehnsucht nach Welt und Menschen. Er legte sich auf das Bett und ließ seinem Schmerz freien Lauf. Während des ganzen Nachmittags kämpfte er mit dem Gedanken, unverzüglich sein Hab und Gut zu packen, den Berg hinabzugehen, um dem Priestertum den Rücken zu kehren. Es wäre keine Schande, sagte er zu sich.

Oder doch?

Anton musste immer wieder an seine Schwester Bernarda denken, an seinen Beichtvater Bäder und andere gottesfürchtige Menschen, die er sicher bitter enttäuschen würde.

Bald gewöhnte er sich an die klösterliche Einsamkeit und wusste sie sogar in gewisser Weise zu schätzen – realisierte er doch, dass er immer ruhiger wurde. Diese innere Ruhe hatte sich schon in der französischen Kongregation als heilbringend gezeigt. Sie erfüllte die Tage mit frommen Glücksgefühlen.

Die in der kleinen Kapelle stattfindenden Exerzitien bereiteten ihm zwar gelegentlich etwas Mühe. Immer wieder schweiften seine Gedanken ab. Doch in der großen Klosterkirche, in die anschließend disloziert wurde, änderte sein Gemüt schlagartig. Wenn er sich mit den andern Seminaristen zu den Chorstühlen begab und sie gemeinsam das Completorium sangen, ergriff ihn eine unbeschreibliche Andacht. Und wenn an Sonntagen unten im Schiff die ganze Bauerngemeinde von St. Peter kniete und ihre »offene Schuld« – das allgemeine Sündenbekenntnis – im Wälderdeutsch sprach, dann rauschte es mächtig durch die Kirche und durch die angehende Priesterseele.

In einem Priesterseminar wäre Luxus natürlich fehl am Platz gewesen. Hier gehörte Bescheidenheit zu den Grundprinzipien. Und es war in jener Zeit, als die Mehrheit der Bevölkerung in Armut lebte, selbstverständlich, dass die angehenden Priester äußerst sparsam verpflegt wurden. Am Sonntag und einmal in der Woche gab es zur Erbauung allerdings eine Flasche Bier, auf eigene Kosten. Lieferant war der Bierwirt draußen vor dem Kloster, welcher an Sonntagen den Bauern nach dem Kirchgang aufwartete. Der Gerstensaft wurde geschluckt, als wär's Nektar! Anton konnte sich sogar eine zusätzliche Ration »Göttertrank« ergattern, weil er sich recht gut mit dem Bierwirt verstand und ihm gelegentlich ein großzügiges Trinkgeld zusteckte. Das Bier, das er an einem sicheren Ort beim Eingang zur Bibliothek versteckte, half ihm über so manche dunkle Stunde hinweg.

Täglich wandelte Anton in den Klostergängen hin und her, vorbei an den Bildern vergangener Äbte des Klosters, Horaz, Tacitus, Cicero, Thukydides oder Sophokles lesend. Und wenn dann bisweilen der Regens oder ein Repetitor seinen Weg kreuzte, schauten diese mit misstrauischen Blicken den »Heidenjüngling« an. In ein Priesterseminar passte die Lektüre solcher Freigeister nun wirklich nicht. Doch andererseits vertiefte sich Anton gerne auch in die Schriften des Christentums. In der Bibel las er oft, vieles daraus konnte er auswendig.

Immer wieder musste er an sein Elternhaus denken, an Mutter selig, an Bernarda, die Fromme. Wie damals in der Dorfkirche verbrachte er auch hier viele Stunden in der Kirche, um eine Anbetung des allerheiligsten Sakramentes vorzunehmen. Die tiefe Stille im weiten, menschenleeren Gotteshaus ergriff ihn jeweils ungemein. Diese Andachten gehörten zu den friedlichsten Augenblicken seines Seminaristenlebens.

Der Tag der Priesterweihe kam immer näher. Anton verglich seine Gefühle mit denjenigen, die ihn damals vor der Erstkommunion beseelt hatten. Wie ihn in jenen Kindheitstagen das, was mit der Erstkommunion verbunden war, die neuen Kleider, der Seidenhut, die Schulentlassung, die Beichte, viele Wochen vorher beschäftigt hatte, so war es nun vor der Priesterweihe. Er sehnte den neuen Lebensabschnitt herbei, und zugleich machte er ihm auch Bange.

Würde er den Anforderungen gerecht werden?
Würde er ein guter Hirte sein?
Würde er Gottes Namen stets in Ehren halten?
Würde er enthaltsam leben können?

Innerlich aufgewühlt, verbrachte er manche Nacht, ohne ein Auge zuzumachen. Tagsüber war all dies wieder vergessen. Die Primizbilder, die erste heilige Messe, die zu erwartenden Geschenke, die priesterlichen Gewänder, das Ende des Klosterlebens – das alles zog wie Sonnenschein durch die nahezu wieder kindlich gewordene Seele. Tage und Stunden wurden gezählt wie ehedem vor dem Weißen Sonntag und Briefe an alle lieben Verwandten und Bekannten geschrieben, voll des Glücks über das nun Erreichte.

Einige seiner Verwandten nahmen sogar den weiten Weg auf sich, um der Priesterweihe beizuwohnen. Wie schön wäre es doch für die Mutter gewesen, hätte auch sie diesen Tag erleben dürfen.

Einer der Ihren, ihr jüngster Sohn, war ein Diener der Kirche geworden!

Margaretha, Antons Schwester, und ihr Ehemann waren inzwischen wieder aus dem Kloster ausgetreten. Auch für die Mädchen, für Karolina, Juliana, Anna und Theresa, ging der Aufenthalt im Waisenhaus zu Ende. Immerhin hatten sie bei den Nonnen Nähen, Glätten und Kochen gelernt. Sie konnten haushalten und waren harte Arbeit gewohnt. Mit Staunen stellten die Leute im Dorf fest, dass sich die für einige Jahre auseinandergerissene Familie im gewöhnlichen kleinbäuerlichen Alltag wieder gut zurechtfand. Nur der Vater war nicht mehr der Gleiche, das Kloster mit seinen eigenen Regeln hatte ihn verändert. Von Tisch und Bett getrennt und seiner Frau doch so schmerzhaft nah, hatte er sich immer mehr in seine eigene Innenwelt zurückgezogen und im Alkohol Zuflucht gesucht. Wein war ja auch das Einzige, was im Bühler Rebland im Überfluss vorhanden war. Kurz nach der Rückkehr aus dem Kloster verstarb Margarethas Mann.

2.

Ich dachte, es sei nicht schwer, die Erinnerungen zu Papier zu bringen und das Leben der Eltern, Groß- und Urgroßeltern, soweit ich innerhalb der Familie davon erfahren habe, zu erzählen. Ich habe mich jedoch getäuscht. Immer wieder stellte ich fest, dass die Einzelheiten, die ich aufgrund der vorliegenden Informationen und der Erzählungen meines Vaters wusste, nicht genügten. Um weiterzukommen, musste ich immer wieder meine Fantasie zu Hilfe nehmen. Das fiel mir allerdings schwer, wollte ich doch unbedingt bei der Wahrheit bleiben. Deshalb forschte ich weiter.

Bald schon fragte ich mich, ob ich nicht auf dem Holzweg war. Inzwischen artete nämlich mein Interesse in gezielt betriebene, schon fast professionelle Ahnenforschung aus. Ursprünglich sollte es nur ein Hobby sein. Nun aber begann mich die ganze Geschichte auch zu belasten.

Ich konnte doch nicht ahnen, was für eine unglaubliche Geschichte aufgrund meiner Nachforschungen zum Vorschein kommen würde. Jede Auskunft, die ich von einer Institution auf meine Fragen bekam, berührte mich sehr und versetzte mich immer wieder ins Staunen.

Ich hatte keine Vorstellung davon, was nach über hundert Jahren noch alles in den Archiven vorhanden ist. Besonders die Pfarreien haben die damaligen Ereignisse genaustens dokumen-

tiert. Und die katholische Kirche, ganz im Allgemeinen, hat das Leben und Wirken ihrer Priester festgehalten. Mein Großvater musste dabei ein Spezialfall gewesen sein, wurden doch seinetwegen schon fast stapelweise Akten produziert.

Ich schätze die wahrheitsgetreuen Aufzeichnungen, habe aber bei den kirchlichen Dokumenten das Gefühl, dass sie mehrheitlich aus einer ziemlich einseitigen Betrachtungsweise erfolgt sind. Ich vermisse die Frage nach Gründen und Hintergründen. Und ich vermisse ein gewisses Verständnis, wenigstens für einen Teil der Vorkommnisse. Stattdessen ist nur von den Verfehlungen des Pfarrers Anton Schreiber die Rede. Worte, dass er neben seinen charakterlichen Schwächen auch gute Eigenschaften hatte, sind kaum zu finden. Dies war nämlich ganz sicher der Fall. Aus den Erzählungen meines Vaters weiß ich das. Er hatte seinen Vater zwar persönlich nie gekannt, aber ältere Leute schilderten ihn als liebenswerten, verständnisvollen und sehr gescheiten Menschen, der sich für viele Berufe geeignet hätte.

Nur Priester hätte er nicht werden dürfen.

Ich sehe die ganze Geschichte ein wenig differenzierter. An jenen Ereignissen, das heißt an den einzelnen Schicksalen, waren die Beteiligten meiner Meinung nach nicht allein schuld. Vieles ist auf die damaligen sozialen Verhältnisse zurückzuführen – ja, und auch auf die unerbittlichen, eigentlich unnatürlichen Anforderungen der Kirche an ihre Priester. Ich möchte zwar den Verfechtern des Zölibats nicht zu nahe treten. Für mich steht aber fest, dass dieses von jeher verantwortlich ist für die leidvollen Schicksale der vielen unehelichen Kinder von katholischen Priestern. Diesen Vorwurf kann ich der Kirche nicht ersparen. Würde nämlich die Kirche ihre Priester nicht zur Ehelosigkeit verpflichten, wären sie nicht gezwungen, ihr eigentlich von Gott gegebenes natürliches Verlangen nach dem weiblichen Geschlecht auf verbotene Weise zu stillen. Wenn die Priester heiraten dürften, könnten ihre Kinder in einer Familie aufwachsen.

Das Leben meines Großvaters wäre glücklicher verlaufen. Und vor allem auch das seiner Kinder und deren Mütter.

Rickenbach (1866–1869)

Bald nachdem Anton Schreiber im August 1866 zum Priester geweiht worden war, trat er in Rickenbach auf dem Hotzenwald seine erste Stelle als Vikar an. Er hatte sich diese gewünscht, denn die Gegend war ihm nicht ganz fremd. Mit seinen Eltern kam er als Kind ein paarmal auf Besuch zu Verwandten, die in Rickenbach ein kleines Baugeschäft hatten. Auch sein Dorfschullehrer hatte einige Jahre auf dem Schwarzwald gelebt und in der Geografiestunde nichts so eingehend behandelt wie dieses Gebirge. Zudem kamen Anton einen Tag vor der Abreise beim Kofferpacken und Aufräumen seines Zimmers Schriften und Aufsatzhefte aus der Schulzeit in die Hände, anhand deren er sich ein gutes Bild machen konnte. Er las:

»Wer den Schwarzwald mit der Eisenbahn erreichen will, hat nur die Möglichkeit der Rheintalbahnstrecke Karlsruhe–Basel–Waldshut. Um auf die Höhen zu gelangen, ist er auf seine Füße oder auf Pferde-, Ochsen- oder Kuhfuhrwerke angewiesen.[2] Man lernt so auch tiefe Einblicke in das Leben der Schwarzwälder tun, dem bäuerlichen Volk, das einsam zwischen den dunkeln Wäldern lebt, mühsam auf steilen Bergrücken raues

---

[2] Erst später, im Jahre 1878, wird die Schwarzwaldbahn gebaut. Der hier zitierte Text ist einer Broschüre der Reichsbahn entnommen.

Getreide und Kartoffeln pflanzt, seinen Reichtum aber im Viehstand auf würzigen Bergweidenplätzen und im Waldbesitz sieht. Der Wald und die Umschlossenheit von düsteren Tannenforsten machen den Schwarzwälder Alemannen ernst und verschlossen. Er wohnt in kleinen, zusammengedrängten Gemeinden rings um die Kirche herum, an einem schmalen Bachtal entlang, in einer Mulde, auf ausgerodeten Rücken einer Hochebene. Die Großbauern sitzen meist stundenweit entfernt auf Einödshöfen, auf Zinken, ihre Häuser sind verwachsen mit dem Boden und der Umwelt.

Viele der uralten Höfe, mit den mächtigen, moosbewachsenen Strohhaubendächern brennen jährlich ab, durch Blitzschlag oder sonstiges Unheil entzündet, und verschwinden völlig. Oft baut dann der Bauer, der im Laufe der Zeit auch geselliger geworden ist, an anderer Stelle an, hat die schöne, selbstherrliche Einfachheit und Würde verloren und siedelt zur Gemeinschaft ins Tal.

Von Pfingsten bis zum ersten Schnee klingt das Geläute der Herdenglocken durch die Luft. Am alten Brauch hält der Bauer fest, trägt seine Tracht, feiert seine Feste mit zäher, herber, selten übermütiger Freudigkeit. Er lebt karg, eintönig, spricht wenig, grübelt viel und sinniert über religiöse Dinge nach oder über Erfindungen in den langen, langen Bergwintern besonders, wo er an die Stube gebunden ist und zu allerlei Basteleien schon in früheren Zeiten griff. Aus Holz begann er zu schnitzeln und zu schnefeln, Hausrat für sein Heim. Die Klöster, vorab St. Blasien, die allerlei Kunsthandwerk verstehen und auch sehr fleißig üben, regen zur Heimarbeit an und lehren die Bauern im Winter etwas zu treiben, was Lohn einbringt. So wird der Grund gelegt zur Schwarzwälder Holzindustrie, dazu kommt noch die Vorliebe für andere Handarbeiten, für die Strohflechterei, für die Schildmalerei. Auch die Glasbläserei ist infolge des Holzreichtums im Schwunge. Der kaufmännische rechnerische Sinn des Schwarzwälders erwacht, er zieht mit seinen Waren handelnd in die Welt, zieht gern in fremde Länder. Einer sieht im Ausland Uhren, erzählt daheim davon, ein anderer macht sich die Idee zunutze, bastelt, bosselt, schnefelt so lange, bis er das Werk frei und selbst wieder erfunden hat. Davon geht die weltberühmte Uhrenindustrie der Schwarzwälder aus. So entstehen Städte mit wohlhabender Handelsbürgerschaft, Hornberg, in dem auch Fayencen gemacht werden, Triberg, Lenzburg, St. Georgen, Furtwangen vor allem, das eine Schnitzereien- und Uhrmacherschule besitzt, und Neustadt. Daneben führt die Schneflerei namentlich in Talgemeinden um St. Blasien, in Bernau ein erträgliches Dasein. Kochlöffel, Kübel, Hackbretter, alle erdenklichen Geräte werden hergestellt und vertrieben.«

Der bisherige Pfarrer der Gemeinde Rickenbach war alt und krank und brauchte unbedingt Hilfe, zumal neben der Ortsgemeinde noch mehrere der umliegenden Ortschaften zur Kirchgemeinde gehörten, wo den ganzen Sommer über viele Prozessionen stattfanden. Auch die seelsorgerische Betreuung der Menschen auf den abgelegenen Höfen erforderte viel Kraft. Der Priester musste zu Fuß gehen, und auf dem Weg zu einem

Sterbenden sollte er das Kruzifix mittragen. Das konnte besonders im Winter sehr beschwerlich sein.

Obwohl Anton den Weg das Murgtal hinauf von früher kannte, wurde er am Tag der Reise an seine erste Vikarstelle doch von vielen neuen Eindrücken überrascht. Kaum war er unterwegs, zogen am Himmel dunkle Gewitterwolken herauf. Anton lief schneller. Es dauerte nicht lange, bis das Unwetter losbrach. Im nächsten Dorf suchte er in einem bäuerlichen Gasthaus Unterschlupf, wo sich bereits andere Leute aufhielten. Anton, von Natur aus gesprächig, fand schnell Anschluss. Schon kurze Zeit nach seiner Ankunft im Wirtshaus saß er bei einigen Bauern am Tisch, bei einem Bier gemütlich plaudernd. Es stellte sich heraus, dass einer der Männer mit einem Fuhrwerk unterwegs war und vom Dorf stammte, in welchem Anton nun seine Vikarstelle antreten sollte. Die beiden hatten also den gleichen Weg vor sich. Anton konnte, als das Gewitter vorbei war, sein Gepäck aufladen und musste den weiten Weg auf die Anhöhe nicht alleine zurücklegen. Die beiden Männer bezahlten ihre Zwischenverpflegung und verabschiedeten sich.

Anton konnte es sich nicht verkneifen, beim Abschied schnell seinen Arm um die Hüften der Serviertochter zu legen.

Inzwischen hatten sich die Gewitterwolken ganz verzogen. Es dämmerte, der Mond ging auf, und es wurde dunkel. Da und dort grüßte aus den kleinen Fenstern der strohbedeckten Häuser das fahle Licht der Petroleumlampen. Immer wieder schaute Anton hinauf zum Himmel. So eine sternenklare Sommernacht hatte er noch nie erlebt. Unwillkürlich dachte er an einen seiner Lieblingsdichter, an Joseph von Eichendorff, dessen Gedicht »Mondnacht« ihm nun in den Sinn kam:

*Es war, als hätt der Himmel
Die Erde still geküsst,
Dass sie im Blütenschimmer
Von ihm nun träumen müsst.*

*Die Luft ging durch die Felder,
Die Ähren wogten sacht,
Es rauschten leis die Wälder,
So sternklar war die Nacht.*

*Und meine Seele spannte
Weit ihre Flügel aus,
Flog durch die stillen Lande,
Als flöge sie nach Haus.*

Während sich Anton von der Mondnachtstimmung in sinnliche Gefühlswelten verführen ließ und an so manchen heimlichen Kuss dachte, gingen die Gedanken seines Begleiters in eine ganz andere Richtung. Ihn beschäftigte die Tragödie, die seine Familie vor so kurzer Zeit heimgesucht hatte. Immer wieder schüttelte er den Kopf, kniff die Augen zu, legte die Stirne in Falten und schnaubte schließlich so laut in die Sommernacht hinaus, dass Anton abrupt aus seiner Träumerei aufwachte.

»Was ist, mein Freund?«, fragte er.

Doch sein Begleiter schüttelte nur den Kopf und sagte: »Ein anderes Mal, vielleicht.«

Als die beiden Reisenden an jenem Abend nach zweistündigem Weg von Murg nach Rickenbach die Anhöhe erreichten, bogen sie in den Seitenweg zu einem Hof ab. Nachdem der junge Bauer seine Tiere in den Stall gebracht hatte, nahm er Anton mit hinein in die Stube. Er wusste, dass seine Mutter und die Schwestern ein bescheidenes Nachtessen für ihn warmgestellt hatten, das auch noch für den neuen Vikar reichen würde. So war es dann auch. Mehlsuppe, Kartoffeln und Milch waren auf dem Hotzenwald die übliche abendliche Verpflegung. Unüblich allerdings war, dass ein Fremder so spät nachts noch ins Haus kam.

»Das ist der neue Vikar von Rickenbach«, sagte der Bauer. Die Frauen nickten.

Das Leben auf dem Hotzenwald war armselig. Dies merkte Anton bereits am Abend als Gast bei den freundlichen, aber ewas nachdenklichen Bauersleuten. Er fühlte sofort, dass es nicht nur die materiellen Probleme sein konnten, die am Wohlbefinden nagten.

Schon am ersten Tag seines seelsorgerischen Wirkens musste Anton feststellen, dass er nur wenig guten Rat und Trost geben konnte. Die Menschen zu überzeugen, dass es Gott trotz harter Schicksalsschläge gut mit ihnen meint, bereitete ihm Mühe. Ihm selbst fiel es schwer, daran zu glauben.

Diese Einsichten gaben ihm viel zu denken.

Anton war gewiss, dass ihm das Anhören einer Beichte viel leichter fallen würde. Für die Sünden der Leute hatte er Verständnis, und es erfüllte ihn mit Vorfreude, über Vergebung reden zu können, sodass die Beichtenden daraufhin ganz erleichtert und froh die Kirche verlassen. Er erlebte das ja immer wieder selber.

In Rickenbach zeigte sich, dass Anton sein Gelübde nicht lange würde halten können – zu stark fühlte er sich zum weiblichen Geschlecht hingezogen. Auch der Verzicht auf andere Freuden im menschlichen Zusammenleben fiel ihm schwer. Er war gerne unter Menschen, unter fröhlichen Menschen, und da sich direkt neben dem Pfarrhaus ein Wirtshaus befand, saß er dort an vielen Abenden zusammen mit anderen Dorfbewohnern am Stammtisch und spielte Jass, Skat oder Zego – obwohl das Kartenspielen als unklerikales Verhalten galt.

Es gab kein Spiel, das Anton nicht bestens kannte und das er nicht mit Freude mitmachte. Natürlich wurde dazu Bier oder Wein getrunken. Manchmal auch ein Glas zu viel. Er klopfte dann Sprüche, die ein Vikar nicht machen dürfte. Und er vergriff sich nicht nur im Tonfall. Zu seinem Vorteil waren die meisten der männlichen Beobachter ebenfalls nicht zimperlich. Einige von ihnen begrüßten es sogar, dass endlich ein Geistlicher unter ihnen weilte, der seine menschlichen Seiten zeigte; einer, der sich unter die Leute mischte und auch an Volksfesten fröhlich mitfeierte.

Als der junge Pfarrer aber eines Abends auf dem Heimweg betrunken einem Mädchen hinterherlief und sich vor der Haustür fast nicht mehr abweisen ließ, dann ging das doch zu weit, und eine gewisse Empörung machte die Runde im Dorf.

Mit der Zeit kamen diese Vorkommnisse auch dem vorgesetzten Pfarrer zu Ohren. Dieser war allerdings ein alter, gebrechlicher Mann, der kurz vor seiner Pensionierung stand. Aus Nächstenliebe sah er gnädig von einer Anzeige an die Diözese nach Freiburg ab.

Als die ebenfalls alt gewordene Haushälterin wegen Krankheit kündigte, machte Anton den Vorschlag, seine Nichte einzustellen. Der alte Pfarrer war damit einverstanden. Karolina freute sich über dieses Angebot und sagte gerne zu, sie wollte schon seit einiger Zeit von zu Hause fort und Geld verdienen.

Eines Tages, als Anton die Beichte abnahm, erschien auch der junge Bauer namens Huber, der ihn in der Mondnacht nach Rickenbach mitgenommen hatte, und begann von jener Angelegenheit zu erzählen, die ihm so sehr Kummer bereitete, dass sie ihm immer noch den Schlaf raubte:

»Nachdem unser Vater gestorben war, schworen wir Geschwister, für immer ledig zu bleiben. Wir hatten dafür verschiedene Gründe, gute Gründe, wie wir meinten: Wir wollten uns um die Mutter kümmern und das bescheidene Hab und Gut nicht auf zu viele Münder verteilt wissen. Zudem hatten wir Angst vor kranken Kindern. In unserer Familie gab es seit Generationen immer wieder Nachkommen, die durch Heirat innerhalb der Verwandtschaft entstanden sind. Unsere Eltern waren Geschwisterkinder. Eine unserer Schwestern wurde aber schwanger und zog weg. Und alsbald verliebte sich Jakob in ein Mädchen. Deswegen gab es sehr viel Streit, ganz erbitterten Streit. Wir erinnerten ihn immer wieder an unseren Schwur. Ein zweites Mal wollten wir ihn nicht gebrochen wissen, zumal das Mädchen aus armen Verhältnissen kam. Als unser Bruder am Abend des Jakobstages, des 25. August, von der Prozession nach Hause kam, gab es einen heftigen Streit. Dabei fiel Jakob von der Heubühne auf den Steinboden. Der herbeigerufene Arzt konnte nur noch seinen Tod feststellen. Als Todesursache hielt er fest: Sturz kopfvoran von der Heubühne auf den Steinboden des Tenns. Kurz nach der Beerdigung lösten wir unser

Gut auf und zogen weg, auf die andere Seite des Berges. Dem Arzt schenkten wir eine Sau.

Doch, eben, seither können meine Brüder und ich nicht mehr schlafen. Der Teufel reitet auf unseren Gewissen. Gütiger Herr, verstehen Sie, was wir Schreckliches getan haben?«

Vikar Schreiber tat, was er kraft seines Amtes tun konnte, und erlöste den jungen Bauern von seiner Sünde. Nachdem auch der jüngste der drei Brüder gebeichtet hatte, gab Anton ihnen den Rat, angesichts der Schwere des Vergehens ein gutes Werk zu tun. Dann erzählte er ihnen von seiner Idee, ein Waisenhaus zu bauen.

Karolina war eigentlich ganz zufrieden auf dem Hotzenwald. Den Haushalt im Pfarrhaus besorgte sie ohne Probleme. Die Arbeit mit der dazugehörenden Kleintierhaltung machte ihr Freude. Wenn nur bei ihrem Onkel Anton das ungestüme Verlangen nach körperlicher Liebe nicht gewesen wäre. Er suchte jede Gelegenheit, um mit ihr allein zu sein und sie für seine intimen Wünsche zu gewinnen. Wiederholt trug sich Karolina mit dem Gedanken, das Pfarrhaus wieder zu verlassen. Aber immer wieder sah sie dann doch davon ab, denn sie mochte den Anton doch recht gut, er war so voller Leben, und sie wollte den Verdienst als Haushälterin nicht aufgeben. Schließlich war sie kaum 25 Jahre alt, wollte sich eine Aussteuer verdienen und dann heiraten. Und zwar einen Mann, eine große Liebe, die ihr bestimmt bald beggenen würde. Das hoffte sie.

Doch dann kam alles ganz anders.

Nach wenigen Monaten war Karolina schwanger.

Anton fand erstaunlich leicht zur Gelassenheit zurück. Er hätte sich durchaus vorstellen können, Karolina zu heiraten. Noch wäre dies möglich gewesen. Ein Gesetz, wonach eine Ehe zwischen Onkel und Nichte verboten war, war erst in Vorbereitung. Aber die in viel Müh und Arbeit erkämpften Privilegien als Priester wollte er dann doch nicht so leichtsinnig aufgeben. Und was würden die guten Leute sagen, wenn er nach so kurzer Zeit das heilige Amt wieder aufgeben würde?

Darum stand alsbald fest, dass niemand vom Kind erfahren durfte.

Anton dachte an die Personen, die ihm helfen könnten: Gleich zwei Cousinen lebten als Nonnen in Straßburger Klöstern, ein Vetter arbeitete in der Verwaltung der Straßburger Geburtsklinik, und andere Verwandte, mit denen er gut stand, lebten in und um Straßburg herum. Eine Tante schließlich arbeitete im Krankenhaus in Straßburg. In jungen Jahren kam sie als Krankenpflegerin in viele elsässische katholische Familien und hatte dorthin noch immer gute Beziehungen. Es würde ihr bestimmt nicht schwerfallen, Bekannte zu finden, die Karolina für etwas Mithilfe im Haushalt bis zur Niederkunft bei sich aufnähmen. Auch für die anonyme Unterbringung des Kindes nach der Geburt wusste sie vermutlich einen Rat.

»Es ist ja auch weiß Gott nichts Schlimmes, was ich tue«, sprach sich Anton immer wieder beruhigend zu. Gerade in Straßburg wurden immer wieder Priesterkinder heimlich zur Welt gebracht, ferner auch viele Kinder lediger Dienstmädchen. Nicht wenige Hebammen im Elsass boten ihre Dienste an, wenn es darum ging, einen Kindsvater zu schützen. Anton hatte während seiner Ausbildungszeit so manches zu diesem Thema aufgeschnappt. Es war ein offenes Geheimnis. Und er las mit

Interesse die Inserate der Zeitungen: »Hebamme aus Colmar empfiehlt sich für diskrete Geburten«.

Im Spätsommer des Jahres 1868 nahm Karolina dann mit gemischten Gefühlen Abschied von Rickenbach. Anton hatte ihr versprochen, dass er, so gut ihm das möglich sei, für sie da sein werde. Vor allem versprach er auch, finanziell gut für das kommende Kind zu sorgen.

Für Anton folgte, nachdem ihn Karolina verlassen hatte, eine schwierige Zeit. Der Winter zog ins Land. So schön die Landschaft des tief verschneiten Hotzenwaldes auch war, Seelsorger Schreiber konnte sich an ihrem Anblick nicht erfreuen. Das Schlimmste waren die langen einsamen Winterabende.

Karolina hatte in Straßburg durch Vermittlung einer aus der Verwandtschaft stammenden Nonne bei einer Arztfamilie bis zur Geburt ihres Sohnes eine Haushaltstelle angenommen. Es vergingen Wochen, bis Anton bei Karolinas Schwestern etwas über ihr Ergehen in Erfahrung bringen konnte. Von ihr selbst erhielt er keine Nachricht. Es schien, als wolle sie nichts mehr von ihm wissen. Das schmerzte ihn, und er versuchte alles, um den Kontakt zu ihr zu finden.

Peterstal (1869)

Es kam für Anton wie gewünscht, als in Bad Peterstal für einige Monate ein Vikar gesucht wurde und ihn die Erzdiözese Freiburg dorthin versetzte. Dadurch wurde für ihn Straßburg gut erreichbar, und er hatte die Möglichkeit, Karolinas Leben und auch die Geburt des Kindes zu verfolgen. Er fühlte sich für beide verantwortlich. Dabei war ihm eigentlich klar, dass er, nun, da er Vater wurde, den Priesterberuf hätte aufgeben müssen. Gleichzeitig dachte er jedoch daran, wie sehr er gerade jetzt auf ein gesichertes Einkommen angewiesen war.

Zehn Tage nach der Geburt verließ Karolina mit ihrem Kind das Krankenhaus. Angeblich wollte sie nach Rittersbach in ihr Elternhaus. In Wirklichkeit legte sie das Kind aber, wie mit ihrer Tante Bernarda vereinbart, in einem mit einem Namenszettelchen versehenen Tragekissen vor die Tür des Klosters, das Bernarda mit anderen Frauen gegründet hatte.

Ein beigelegtes Brieflein hatte folgenden Wortlaut:

Liebe Schwestern,
im Moment weiß ich keinen anderen Ausweg, als meinen kleinen Josefle Eurer Obhut anzuvertrauen. Ich werde aber eine gute Lösung suchen und das Kind sobald wie möglich abholen. Sollte mir dies in den nächsten Monaten nicht möglich sein, dann wäre ich schweren Herzens damit einverstanden, wenn das Kind zu guten Eltern in Pflege oder zur Adoption gegeben wird.

Für Eure Güte und Fürsorge, die Ihr meinem Kind angedeihen lasst, danke ich Euch von Herzen. Der Himmel möge Euch dafür belohnen.

Eine unglückliche Mutter

Anschließend ging Karolina heim zu Mutter und Vater. Was vorgefallen sei, wollten sie natürlich wissen. Zuerst behielt Karolina ihr Geheimnis für sich. Aber sie ließen ihr keine Ruhe, bis sie von ihrem Kind erzählte, das sie vorerst heimlich ins

Kloster gebracht hatte. Als sie ihnen zudem anvertraute, dass Anton der Vater des Kindes war, sahen alle sofort ein, dass niemand die genaue Herkunft dieses Kindes erfahren durfte.

Der kleine Josef wurde von den Klosterschwestern liebevoll gepflegt. Sehr oft schaute Karolina unauffällig nach ihm. Offiziell galten die Besuche ihrer Tante Bernarda und auch den übrigen Nonnen, die sie noch von ihrem eigenen Aufenthalt im Waisenhaus kannte. Keine, außer Tante Bernarda, wusste, dass Josef das Kind von Karolina war.

Als Anton nach der Peterstaler Zeit wieder nach Rickenbach zurückversetzt wurde, sah es zunächst so aus, als habe er den festen Vorsatz gefasst, künftig ein den Wünschen seiner Kirche entsprechender Diener zu sein. Dabei blieb es allerdings nicht lange.

Trotz der vielen Arbeit, die es in der Pfarrei und in den dazugehörenden Dörfern gab, verfiel er in eine ihm bereits früher gekannte, aber nur selten in dieser Wucht aufgetretene Melancholie. Tagsüber hielt er diese Stimmung noch einigermaßen aus. Aber abends, wenn er in seinem Zimmer mit den Vorbereitungen für den andern Tag oder mit einer seiner Predigten fertig war, wurde ihm seine Gemütsverfassung unerträglich. Oft zog es ihn dann hinaus zu einem Nachtspaziergang, auf dem er am Wirtshaus nicht vorbeikam, ohne einzukehren. Immer öfters suchte er diese Ablenkung.

Anton liebte die urchige Wesensart der Hotzenwälder, wie sie genannt wurden. In vielen Dingen und Ansichten hatten sie ihre eigenen Gesetze. Meinungsverschiedenheiten und Auseinandersetzungen erledigten sie gerne mit einer handfesten Rauferei. Selbst wenn Anton in solchen Fällen mit gottgefälligen Worten zur Gnade und Liebe hätte mahnen wollen, wäre dies vergebliche Mühe gewesen. Ganz abgesehen davon, dass ihm das manchmal auch gar nicht mehr möglich gewesen wäre, denn bei solchen feuchtfröhlichen Anlässen tat bei ihm der Alkohol seine Wirkung, und dann kam ihm seine priesterliche Würde abhanden. Dass danach über gewisse Vorkommnisse geredet wurde, war nicht zu vermeiden.

Es war ja schon verwunderlich, zu was sich der Herr Pfarrer alles hingab.

Nicht wenige Dorfbewohner nahmen ihren Vikar in Schutz. Ihnen gefiel es, dass er sich außerhalb der Gottesdienste unter die Leute mischte. Wegen seiner eigenen Sünden hatte er auch Verständnis für die ihrigen. Bei so einem Beichtvater fiel das Beichten leichter; er nahm die Sache nicht so unheimlich streng, war ja einer der Ihren, kein abgehobener Sonderling, der weltfremde Worte von der Kanzel verkündet.

Der Nachfolger des alten Pfarrers sah das allerdings dezidiert anders. Er benachrichtigte das Ordinariat über das unwürdige Verhalten seines Vikars.

Es passte so gar nicht zur wunderschönen Maienzeit, dass Anton eine überaus unangenehme Mitteilung aus Freiburg erhielt. Das erzbischöfliche Ordinariat hatte ihn wegen »unsittlicher Reden und Berührungen, wegen Wirtshausbesuch und Trunkenheit« zu drei Wochen Exerzitien in einem Jesuitenkloster verurteilt.

Zwecks Abklärung weiterer Vergehen wurde er vorgeladen.

Zu den Vorhaltungen des Domkapitulars nahm er vorwiegend reumütig Stellung. Manche Vorwürfe wies er jedoch dezidiert zurück. So stritt er etwa die ihm angelasteten abfälligen Äußerungen, die er über den alten, inzwischen verstorbenen Pfarrer heimlich und öffentlich gemacht haben sollte, ab. Was die Konfrontation mit seinen sittlichen Verfehlungen betraf, fand er stets passende Antworten: Die im üblen Ruf stehende Magd, die er auf sein Zimmer genommen haben sollte, bezeichnete er als die langjährige, ehrenwerte Magd des verstorbenen Pfarrers, die ihm lediglich das Waschwasser ins Zimmer gebracht habe; die Witwe mit den zwei stummen Kindern, bei der er sich häufig bis spätabends aufgehalten und Schnaps getrunken habe, war seinen Angaben gemäß über sechzig Jahre alt. Und der Zweck der Besuche sei gewesen, den Kindern Vorbereitungsunterricht zum Empfang der Sakramente zu erteilen. Die Besuche bei einer Familie mit zwei Töchtern, deren Haus er jeweils durch die Scheune betrat, geschahen, weil er daran gewesen sei, mit der Familie ein Waisenhaus zu gründen. Und die nächtlichen Besuche in einem anderen Haus hätten seiner Schwester gegolten, bei der er ärztlich verschriebene Fußbäder gemacht habe.

Indes gab Vikar Schreiber zu, einmal die »Sünde der Unkeuschheit« mit der Braut eines anderen begangen zu haben, ein zweites Mal sei es beim Versuch geblieben. Und er leugnete, dass er die Frau, wie gesagt wurde, mit Gewalt gezwungen habe. Er bedaure seine Verfehlungen aber sehr und, so betonte er, würde gerne Buße tun.

Die Obrigkeit versetzte den jungen Vikar erst einmal nach Unteralpfen.

Unteralpfen (1870)
Die Gemeinde Unteralpfen ist wie Rickenbach eine der vielen kleinen Gemeinden des Schwarzwaldes oder, wie man diese Gegend auch nennt, des Hotzenwaldes. Vielfach bezeichnet man dessen Bewohner als »d'Wälder« oder die »uf em Wald«.

Nachdem Jahrzehnte zuvor viele Bewohner des Hotzenwaldes jahrelang unerbittlich gegen die Anerkennung der badischen Landeshoheit gekämpft hatten, deswegen verfolgt worden und in diesem Kampf letztlich unterlegen waren, fügten sie sich in ihr Schicksal. Über viele Jahre hinweg kümmerten sie sich kaum mehr um die große Politik. In kirchlichen Dingen standen sie nicht auf der Seite der neuen Zeit, die eine moderne Wissenschaft mit sich brachte. Sie hielten streng und treu an ihrem katholischen Glauben fest. Schließlich hatte es auch lange gedauert, bis sich ihre Ahnen zu dessen Annahme bequemt hatten. Als der heilige Fridolinus aus Irland herüberkam und auf der Rheininsel Sacconium der christlichen Kultur eine Stätte bereiten wollte, da saßen die Hotzenwälder noch als schnöde Heiden auf ihren Bergen, und die Legende weiß böse Dinge darüber, wie sie dem Apostel des neuen Glaubens mitspielten.

Als sich in den in unmittelbarer Nähe liegenden Gebieten der Protestantismus festsetzte, blieben die Hotzenwälder davon unberührt. Sie waren stolz auf ihren katholischen Glauben und wollten dessen Kultus mit allen Äußerlichkeiten, mit Prozessionen, Bittgängen, Wallfahrten streng durchgeführt haben.

Vom Dogma wussten sie im Grunde wenig oder nichts; das kirchliche Leben war ihnen aber zugleich Sitte, Kunst, Lebensgewohnheit, und das ließen sie sich nicht nehmen. Daher hatten sie einen tiefen Hass gegen alles, was einer Neuerung auf diesem Gebiet gleichsah. Ein neuer Katechismus oder neue Schulschriften flößten ihnen einen schaudervollen Schrecken ein, deutsch-katholisch und rongisch waren ihnen mit nichtsnutzig identisch. Ronge war ein abgefallener schlesischer Priester, der eine deutsch-katholische Kirche gründen wollte. Die badische Landtagsopposition, die damals die politische Gleichstellung der neuen Religionsgesellschaften durchsetzen wollte, ignorierte diese Ablehnung gänzlich und war nicht wenig erstaunt, als in allen Tälern und Bergen des Schwarzwaldes sich Widerstand regte und mittels Petitionen und Adressen ein förmlicher »schwarzer Landsturm« gegen dieses Vorhaben losbrach. Männiglich erklärte freudig, dass man »an der römischen Kirche und ihrem Oberhaupt in ungebrochener Treue« festzuhalten gedenke. Diese Erklärungen wurden aber nicht etwa durch Pfarrer und Schulmeister aufgedrängt, sondern sie gingen vom Landvolk aus.

So hatte auch der liberale, aufgeklärte Geist des letzten Generalvikars der Erzdiözese Konstanz, der ein Feind der Volksfrömmigkeit und des religiösen Brauchtums war, bei der Mehrheit der Bevölkerung keinen Anklang gefunden. Die »Wälder« schauten streng darauf, dass an den althergebrachten kirchlichen Sitten nichts geändert wurde. Ihre jeweiligen Pfarrherren taten gut daran, sich daran zu halten.

Auch der junge Vikar Anton Schreiber gab sich bei der Ausführung seines Amtes Mühe, die im Volk stark verwurzelte Tradition beizubehalten. Sie entsprach schließlich auch – von wenigen Ausnahmen abgesehen – der strengen Glaubensauffassung seiner großen Verwandtschaft. Auch sie gehörte zum Menschenschlag, der am Althergebrachten unerschütterlich festhielt. Die Zugehörigkeit zu ihrer Kirche und die Betreuung durch einen Geistlichen waren ihr wichtig.

Der Vikarposten in Unteralpfen gehörte zu den gefürchteten in der Erzdiözese. Schon am frühen Morgen musste ein Geistlicher sonntags wie werktags auf seinem Posten sein. Über schlechte Wege, bei Wind und Wetter, im Winter schon vor

Tagesanbruch, wo tiefer Schnee und oft auch das Eis das Gehen an den Haldenwegen fast unmöglich machten, musste er die Schulen besuchen oder auf den Versehgängen seine Pflicht erfüllen. Bei so manchem Pfarrer wurde dabei schon in jüngeren Jahren der Keim zu einer schlechten Gesundheit gelegt.

In der Pfarrei Unteralpfen fand Anton zwei große Priester-Vorbilder, von denen die Menschen noch immer beseelt waren. Es waren Seelsorger, denen das Verständnis für die Bedürfnisse im weltlichen Leben wichtig war und die wussten, dass die armseligen Lebensbedingungen nur mit Taten verbessert werden konnten.

Anton staunte, wie auch nach vierzig Jahren das vom einstigen Unteralpfener Pfarrer Vogelbacher geschriebene »Bienenbüchlein« seine Wirkung zeigte. Auch dessen anderes Werk, *»Die nötigsten und wichtigsten Grundsätze und Erfahrungen in der Landwirtschaft«,* war ein Zeugnis seines tatkräftigen Schaffens und seiner Überzeugung, dass seine Pfarrgemeinde nicht nur geistige Betreuung, sondern vor allem Hilfe und gute Ratschläge fürs tägliche Leben nötig hatte. Auch ein anderer Pfarrer, der Benediktiner Hieronymus Speidel, hatte mit seinen Bestrebungen zum Wohle des Volkes tatkräftig gewirkt. Er hatte manche für das Klima im Hotzenwald passende gute Obstsorten in die Gegend gebracht.

So ein Pfarrer wäre auch Anton Schreiber gerne gewesen. Je älter er wurde, umso mehr machte sich seine bäuerliche Herkunft bemerkbar. Er wollte etwas erschaffen, etwas Greifbares erreichen.

Die kalten und nassen Novembertage setzten Anton in diesem Jahr besonders zu. Viele Leute waren erkrankt, und er musste bei jedem Wetter zur Spende der heiligen Sakramente den weiten beschwerlichen Weg in eines der weit entfernten, zur Kirchgemeinde Unteralpfen gehörenden Dörfer zurücklegen. Anton war zwar noch jung, aber um seine Gesundheit stand es bereits nicht mehr zum Besten. Zudem setzte ihm das wegen seiner Verfehlungen in der Pfarrei Rickenbach zu erwartende Urteil zu. Noch bevor dieses eintraf, wandte er sich an den Bistumsverweser und deutete an, dass ihn seine gesundheitliche Lage zwingen könnte, um Entlassung aus der Diözese zu bitten, damit er nach Amerika auswandern könne, wo ihm von seinem wohlhabenden Bruder Unterstützung in Aussicht stehe. In diesem Schreiben gab er vor allem dem Gedanken Ausdruck, bei der Beurteilung seiner Vergehen in Anbetracht seines Einsatzes und seiner »Aufopferung für das Heil der Seelen« auf Gnade und Barmherzigkeit hoffen zu dürfen.

Anton sah dann allerdings von der Auswanderung ab. Es gab zu vieles, von dem er sich nicht trennen konnte, und dass längst nicht alle Auswanderer das große Glück gefunden hatten, wusste er schon lange. Bereits seine Mutter hatte von vielen traurigen Schicksalen erzählt. Seine Schwester Bernarda hingegen bemühte sich um eine Überfahrt nach Amerika. Ihrem Kloster drohte die Schließung. Der sogenannte Kulturkampf war auf dem Höhepunkt angelangt.

Auf Ende des Jahres 1870 versetzte die Erzdiözese Anton Schreiber in die Pfarrei Welschingen im Hegau. Noch vor Ablauf der Amtszeit in Unteralpfen gab er aus gesundheitlichen Gründen diesen Posten für einen anderen Vikar frei. Bis zum Antritt seiner neuen Vikarstelle wollte er sich in Bad Peterstal erholen. Diese Ortschaft im schönen Renchtal war ihm nicht erst seit seiner Vikartätigkeit vor zwei Jahren bekannt. In dieser Gegend, in der Ortenau, lebten viele Verwandte und Bekannte von ihm.

Ein Onkel mütterlicherseits war Besitzer des Bades Freyersbach, und dessen Bruder Michael stand mit Anton seit der Zeit, als sie gemeinsam an den Volksmissionen teilnahmen, in Verbindung.

Dass Anton nach der strengen Vikarzeit »auf dem Wald« vor Antritt seiner neuen Stelle im Hegau in Bad Peterstal Erholung suchte, lag auf der Hand. Er liebte die Landschaft der Ortenau, waren doch viele Kindheitserinnerungen mit ihr verbunden. Neben den vielen Verwandtenbesuchen hatte auch mancher Schulausflug zu den zahlreichen Sehenswürdigkeiten des Renchtales geführt, wie etwa nach Oberkirch zur geschichtsträchtigen Ruine Schauenburg, zur Klosterruine Allerheiligen und an die benachbarten Wasserfälle. Und ganz besonders hatte Anton die Wallfahrtsorte dieser Gegend in Erinnerung. Als Kind war er nicht immer von diesen frommen Ausflügen begeistert, aber die Bewunderung für die im Stil der Spätgotik erbaute Wallfahrtskirche in Lautenbach hielt sein ganzes Leben lang.

Ein weiterer Vorteil seines Kuraufenthaltes in Bad Peterstal war, dass die Entfernung zu seinem Heimatort nicht groß war. So konnte er das Weihnachtsfest zusammen mit seiner Verwandtschaft feiern.

Seine Angehörigen freuten sich über seine Anwesenheit: Sein alter bettlägeriger Vater, Neffe Alphons, die Nichten Anna, Juliana und vor allem Theresa. Von ganz besonderer Bedeutung war das Wiedersehen mit seinem Kind, das gesund und kräftig herangewachsen war. Wie ähnlich ihm doch der Knabe sah! Anton bekam deswegen öfters Sprüche zu hören, die er aber seinerseits mit einem Spruch parierte. Auf den Mund war er ja noch nie gefallen.

Nur ganz wenige waren eingeweiht. Offiziell wuchs Josef im Waisenhaus auf, das dem Kloster angeschlossen war. Anton war mit der getroffenen Lösung zufrieden, war aber etwas betrübt, weil Karolina, die Mutter seines Kindes, ihm auswich.

3.

Ich begann meine Nachforschungen mit dem Ende: Ich ging dem Tod meines Großvaters nach, denn schon dieser gab unserer Verwandtschaft ein Rätsel auf. Auf meine Anfrage hin erhielt ich vom Archiv des städtischen Spitals der Stadt Le Havre die Sterbeurkunde, in französischer Sprache und handschriftlich verfasst.

Wie daraus zu entnehmen ist, starb Anton Schreiber am 30. Dezember des Jahres 1896 in Le Havre und wurde am andern Tag, am 31. Dezember, dort begraben.

Nun hatte ich es also schriftlich, dass Anton Schreiber wirklich in Le Havre gestorben ist. Wenn in unserer Familie über ihn gesprochen wurde, konnte man immer wieder Zweifel heraushören, ob er wirklich dieses Ende nahm und nicht doch, wie man spekulierte, mit dem Schiff nach Amerika fliehen konnte. Dort lebten nämlich ein Bruder und eine Schwester von ihm.

Einen besonders guten Einblick in die vergangene Zeit verschafften mir die Bücher des Schriftstellers und Priesters Heinrich Hansjakob. Er war zwei Jahre jünger als Pfarrer Schreiber und studierte etwa zur gleichen Zeit an der Großherzoglich Badischen Albert-Ludwig-Hochschule in Freiburg im Breisgau Theologie. In den Sommermonaten unternahm er jedes Jahr mit der Pferdekutsche ausgiebige Fahrten in die nahe und ferne Umgebung. Dabei kehrte er hin und wieder in einem der am Wege liegenden

Pfarrhäuser ein, was er nebenbei in seinen Erinnerungen erzählte. Dass er auch den Pfarrer Anton Schreiber besucht hatte, ist nirgends namentlich erwähnt. Aber ich vermute es.

Die auf Erlebtem beruhenden Erzählungen und Reiseerzählungen gaben mir wichtige Impulse für meine Nachforschungen. Ich schrieb einen Brief an den Verlag, der die Hansjakob-Schriften herausgegeben hatte. Darin fragte ich, ob ihnen in diesem Zusammenhang ein gewisser Pfarrer Anton Schreiber aufgefallen sei. Genaues konnte man mir leider nicht mitteilen, man gab mir aber den Rat, mich an die Erzdiözese in Freiburg zu wenden und dort ein Gesuch für Einsichtnahme in die dort über alle Priester vorhandenen Personalakten zu stellen.

Bevor ich mich daranmachte, wollte ich herausfinden, ob in Antons Heimat über seinen Tod berichtet worden war. Ein Beamter der Stadt Offenburg, an die ich mich gewendet hatte, informierte mich, dass er im »Offenburger Tageblatt« für den infrage kommenden Zeitraum keinen Eintrag gefunden habe. Vor nicht allzu langer Zeit habe indes eine Freiburger Historikerin ihre Doktorarbeit veröffentlicht, in der von einem Pfarrer Anton Schreiber die Rede sei. »Klerus und abweichendes Verhalten; zur Sozialgeschichte katholischer Priester im 19. Jahrhundert« – so lautete der Titel der von Irmtraud Götz von Olenhausen verfassten Studie.[3]

Dem Schreiben der Stadt Offenburg waren Kopien der betreffenden Seiten des Buches beigelegt. Die Personalakte befinde sich im Erzbischöflichen Archiv in Freiburg, informierte mich zudem der Beamte und fügte an: »Es wird für Sie sicher schwierig sein, diese zu Gesicht zu bekommen.«

---

3   Götz von Olenhausen, Irmtraud, Klerus und abweichendes Verhalten, Zur Sozialgeschichte katholischer Priester im 19. Jahrhundert: Die Erzdiözese Freiburg, Vandenhoeck & Ruprecht, Göttingen 1994.

Nun hatte ich also gleich von zwei Seiten den Tipp bekommen, mich an die Erzdiözese zu wenden. Ich musste allerdings noch ein wenig verschnaufen, bevor ich mich daranmachte, diese Nuss zu knacken. Die wenigen Zeilen über meinen Großvater, die in der Forschungsarbeit festgehalten waren, hatten mich nämlich sehr getroffen.

Die Historikerin schreibt von einem »besonders furchtbaren Schicksal« – und mir wurde schlagartig die Brisanz und Dramatik der Ereignisse bewusst.

Welschingen (1871)

In den ersten Tagen des Jahres 1871 trat Anton seine neue Stelle in Welschingen an, einem armen kleinen Bauerndorf. Einige Jahre zuvor, 1865, hatten die Bewohner wegen einer lange andauernden Dürre unter einer großen Hungersnot zu leiden gehabt. Viele Leute mussten betteln gehen. Ein Jahr später wurde das Dorf von einem Brand heimgesucht, der den größten Teil des Dorfes einäscherte.

Als Anton in Welschingen ankam, waren die Spuren dieser Katastrophe immer noch fühl- und sichtbar, aber zum großen Teil war das Dorf bereits wieder aufgebaut. Dabei hatte man das Zusammenbauen der Häuser möglichst vermieden.

Im Gebiet waren einst Vulkane aktiv. Wie eh und je ragen sie als Zeugen unruhiger Epochen der Erdgeschichte weithin sichtbar über die sanften Hügel des Hegaus empor und prägen das unverwechselbare Gesicht dieser Landschaft. Dem Pfarrer Anton blieb allerdings für geschichtliche und landschaftliche Betrachtungen nicht allzu viel Zeit. Man stand am Anfang des Jahres, und in den Tagen nach Weihnachten und Neujahr, stille heilige Zeit genannt, hatte ein Gottesmann sich Zeit für die Pflege der Seelen zu nehmen. Während die Leute in den bäuerlichen Gegenden die Arbeit in Feld und Wald ruhen ließen, Besuche abstatteten und an Messen teilnahmen, war die Arbeit der Kirchendiener umso mehr gefordert.

Nachdem auch der Stern der Drei Könige erloschen und damit der Reigen der kirchlichen Festtage beendet war, kehrte man wieder zum gewohnten Rhythmus der Wochentage zurück. Müßiggang konnte man sich schließlich nicht leisten. Ein jeder versuchte auf irgendeine Art, den armseligen Lebensstandard etwas zu verbessern.

Und dazu nahmen die Möglichkeiten in jenen Jahren langsam, aber sicher zu. Ein immer rasanterer Fortschritt hatte eingesetzt. Viel Schwung in die Wirtschaft brachte vor allem der Bau neuer Eisenbahnstrecken, etwa der Bau der Eisenbahnstrecke von Singen nach Tuttlingen. Vorher hatten die Leute bei Wind und Wetter weite Fußmärsche in Kauf nehmen müssen. In Welschingen gab es Leute, die fast täglich den weiten Weg nach Schaffhausen oder Singen zu Fuß zurücklegten. Die Einführung der Gewerbefreiheit hatte dazu geführt, dass so mancher Bürger ungehindert einen Betrieb aufbauen konnte. Es gab viele Handwerker und Gesellen, die auf die Walz, also auf die Wanderschaft gingen, um ihr Wissen zu erweitern, ihren Beruf auszuüben und mehr Geld zu verdienen. Der Prozess der Industrialisierung beschleunigte sich, wodurch viele Menschen in den neu entstehenden Unternehmen Arbeit fanden und Deutschland zur Industriemacht aufstieg.

Die Jahre um 1870/71 waren eine ereignisreiche Zeit, sowohl was die technische als auch was die politische Entwicklung anbetraf. Nachdem Deutschland aus dem von Napoleon ausgelösten Krieg siegreich hervorgegangen war, kam Elsass-Lothringen zu Deutschland. Ende 1871 anerkannten die süddeutschen Fürsten König Wilhelm I. von Preußen als deutschen Kaiser; das zweite deutsche Reich war entstanden, mit Bismarck als Reichskanzler, der in der Folge die deutsche Innen- und Außenpolitik entscheidend prägen sollte. Weitere Meilensteine jener Zeit waren das Strafgesetzbuch, das einheitliche Maßsystem, der Erlass über die Pressefreiheit, die Einführung der zivilen Trauung auf den Standesämtern, die staatliche Sozialversicherung, die Altersvorsorge, die einheitliche Währung. Die Geschwindigkeit der Modernisierung war atemberaubend.

Nur in der Kirche, insbesondere in der katholischen Konfession, hielt man eisern am Althergebrachten fest; an eine liberalere Haltung war nicht zu denken, im Gegenteil. Kaum hatte der Staat seine Zügel im Kampf gegen die Macht der Kirche etwas gelockert, kämpfte diese umso heftiger um ihre alten Rechte. Mit der im Laufe des Jahrhunderts im Zuge der Säkularisation vom Staat angeordneten Aufhebung der Klöster hatte sie sich immer noch nicht abgefunden. Sie kämpfte mit allen Mitteln um die Erhaltung der noch verbliebenen Klöster und setzte sich für Neugründungen ein. Von dort aus sollte der weitverbreitete religiöse Sittenzerfall aufgehalten werden. Die vom Volk mehrheitlich gewünschte Glaubensfreiheit wurde mit aller Macht bekämpft.

Die Aufhebung des Zölibats kam schon gar nicht in Frage.

Mit dem Osterfest und einige Wochen später mit dem Pfingstfest zog endgültig der Frühling ein. Da die Welschinger Kirche ein traditionsreicher Wallfahrtsort war, pilgerten im Laufe des Sommers viele Leute dorthin. Bei dieser Gelegenheit erhielt Anton eine interessante Nachricht: In Obereggingen wurde eine Pfarrstelle zur Neubesetzung frei. Dafür interessierte er sich, denn immer wollte er schließlich nicht Vikar bleiben.

Auf seine Bitte hin wurde ihm diese Pfarrei von der Erzdiözse Freiburg anvertraut.

Obereggingen (1871–1874)

Obereggingen ist ein liebliches Dorf. Die wunderbare Fernsicht, die Anton auf der Höhe des Hotzenwaldes genossen hatte, fehlte ihm zwar ein wenig. Dafür hatte diese Gegend andere Reize und Vorteile zu bieten. Das alte Städtchen Waldshut war bequem erreichbar. So sehr er die Natur liebte, so sehr brauchte er hin und wieder das moderne Leben in einer Stadt.

Auch in Obereggingen waren viele Menschen bitterarm, selbst der Pfarrer lebte in eher ärmlichen Verhältnissen. Zur Verbesserung seiner Lebensbedingungen gehörten deshalb zur Pfarrei etwas Feld und Garten sowie Kleintierhaltung für die Selbstversorgung. Dies jedoch bedeutete für den Pfarrer neben den seelsorgerischen Pflichten zusätzliche Arbeit. Ein Pfarrhaushalt kam deshalb kaum ohne Haushälterin aus.

Jeder Pfarrer, der eine eigene Haushaltung führen wollte, musste gemäß Ordinariatsbeschluss aus dem Jahre 1841 eine ausdrückliche Genehmigung des Ordinariates einholen. Anton gab an, dass er aus gesundheitlichen Gründen auf eine sorgsame Verpflegung mit entsprechendem Speiseplan achten müsse. Da seine einzige noch ledige Schwester zu seinem Bruder nach Amerika ausgewandert war, bat er um die Erlaubnis, die zwanzigjährige Tochter seiner Schwester Margaretha für die Führung seines Haushaltes aufzunehmen. Seine Nichte Theresa Scherer habe im zum Kloster Neusatzeck gehörenden Waisenhaus das Kochen gelernt. Dem Antrag wurde stattgegeben.

Wenige Wochen nach seinem Amtsantritt erhielt Anton die Nachricht vom Tod seines Vaters. Nahezu um zwanzig Jahre hatte er seine Frau überlebt, obwohl er viele Jahre vor ihr erkrankt war und viel Zeit im Bett verbracht hatte.

Man trug ihn in den ersten Tagen des Jahres 1872 zu Grabe. Eine große Trauergemeinde begleitete den angesehenen, strenggläubigen Katholiken zur letzten Ruhestätte. Dabei zeigte sich eindrücklich, wie groß der Verwandtenkreis der Schreiber-Familie war. Seine sieben Kinder, die Enkel sowie seine Geschwister, Schwägerinnen, Nichten und Neffen hatten alle für viele Nachkommen gesorgt. Nur die Ausgewanderten fehlten an der Beerdigung. Selbstverständlich war auch Anton anwesend und zog die Aufmerksamkeit auf sich. Einen Priester in der Verwandtschaft zu haben, war etwas Besonderes. Und Anton war an diesem Tag in Höchstform. Seine Nichten und Basen waren begeistert vom so stattlichen, charmanten, intelligenten und zugleich witzigen Mann. Nur bei Karolina, die als Haushälterin seinen ersten Pfarrhaushalt auf dem Hotzenwald besorgt hatte, hielt sich die Begeisterung in Grenzen.

Die anderen drei Töchter seiner Schwester waren ihm noch immer von Herzen zugetan. Beim Leichenmahl kam Theresa neben ihn zu sitzen. Sie hatten einiges zu besprechen, da sie ja bald in einem gemeinsamen Haushalt leben würden.

Es war im Frühling des Jahres 1872. Anton war 37 Jahre alt und führte seine erste eigene Pfarrei.

Theresa wiederum hatte vor Kurzem ihren 21. Geburtstag gefeiert. Nun trat sie zum ersten Mal in ihrem Leben allein eine größere Reise an. Sie fuhr mit der Eisenbahn zuerst von Bühl nach Basel und von dort nach Lauchringen, wo sie von Anton abgeholt wurde.

Theresa fand im Pfarrhaus sehr viel Arbeit vor, doch sie war von Kind an gewohnt, hart zu arbeiten. Schon bald nach ihrem Einzug ins Pfarrhaus war dieses kaum mehr wiederzuerkennen. In kurzer Zeit herrschte in Haus und Garten tadellose Sauberkeit und Ordnung. Am meisten Sorgfalt widmete sie dem Kochen.

Theresa war eine gute Köchin, und sie liebte es, ihren Onkel Anton zu verwöhnen.

Anton schmeckte alles, was ihm Theresa auftischte.

Er zeigte sich sehr dankbar.

Ja, der Pfarrer versteckte seine Zuneigung nicht.

Der jungen Frau wars recht.

Der Sommer war kaum zu Ende, als Theresa die Zeichen einer Leibesfrucht zu spüren begann.

Für beide war klar: Bevor man ihr die Schwangerschaft ansehen würde, musste Theresa aus dem Dorf verschwinden. Anton hatte bereits Erfahrung, wie die Angelegenheit angegangen werden musste, damit sie geheim blieb. Bei der Geburt seines ersten Sohnes drei Jahre zuvor hatte es ziemlich gut geklappt.

Die Hitze des Sommers war schon bald vorbei. Jetzt waren die Leute auf den Matten mit dem Wenden des Emdgrases beschäftigt. Weil es so leicht und dünn war, konnte es, obwohl sich die Sonne hinter den Wolken versteckte, an der Luft trocknen. Bei der spätsommerlichen Arbeit des Emdens wäre Theresa besonders gerne dabei gewesen. Aber in diesem Jahr nahm sie kaum Notiz davon.

In Gedanken war sie mit der Abreise und der Zukunft beschäftigt. Sie wollte so bald als möglich das Dorf verlassen. Am vergangenen Sonntag war ihr in der Kirche schlecht geworden. Die Mädchen, mit denen sie an der Messe teilnahm, bemerkten dies und begannen zu tuscheln.

Wie erwartet, stand auch ihr die verwandte Nonne, die im Kloster der Barmherzigen Schwestern in Straßburg lebte, mit Rat und Hilfe zur Seite.

Die sexuellen Probleme der katholischen Priester waren ja nicht unbekannt. Es war allen klar, dass über die Priesterkinder niemand etwas erfahren durfte. Das war man den Kindern, den Eltern und der Kirche schuldig.

Fürs Erste vermittelte die Nonne eine Unterkunft. Und zwar bei einer Familie, die sie vom Mutterhaus aus wegen der Krankheit der Frau schon wiederholt betreut hatte. Dort konnte Theresa im Haushalt etwas mithelfen und bis zur Geburt verbleiben.

Im Mai des Jahres 1873 kam das gesunde Kind im Krankenhaus in Straßburg zur Welt. Man taufte es auf den Namen Paul.

Ähnlich wie bei der Geburt von Karolinas Kind war auch diesmal alles gut ausgedacht. Anton hatte ja zu Straßburg viele Beziehungen, die er spielen lassen konnte. Er kannte etwa den Spitalpfarrer und einen Beamten in der Verwaltung. Außerdem lebte dort während der Wintermonate ein Arzt, den er während seines Aufenthaltes in Bad Peterstal kennen gelernt hatte. In der Geburtsklinik war es dank Beziehungen und einem finanziellen Zustupf ein Leichtes, beim Ausfüllen des Geburtsscheines einen fremden Nachnamen einzutragen.

Als Theresa nach acht Tagen das Spital verließ, legte sie nachts, wie mit einer ihr nahestehenden Nonne abgemacht, den kleinen Paul gut eingepackt vor die Klostertür. Sie wollte das Kind, sobald sie einen guten Pflegeplatz gefunden hatte und sie ihre Zukunft etwas klarer übersehen konnte, wieder abholen.

Es stellte sich dann aber heraus, dass Theresa nicht mehr ins Pfarrhaus von Obereggingen zurückkonnte. Ihre Schwester Anna, die vorübergehend den Pfarrhaushalt besorgte, hatte ihr geschrieben, dass für Anton eine Versetzung bevorstehe. Es hätten sich einige Leute über ihn beschwert.

Obwohl der Pfarrer seine Seelsorgerpflichten erfüllte, gab es neben den Leuten, die ihn verehrten, auch solche, die über ihn und seine Haushälterin dies und jenes munkelten. Dass er sich nach Theresas Wegzug auch mit deren Schwester Anna gut verstand, blieb nicht verborgen. Ebenso wenig, dass er versucht hatte, die Gunst eines schönen Bauernmädchens zu erhalten, und dabei nicht erfolglos blieb.

Zu alldem hin spielte der Zufall dem Pfarrer einen irrwitzigen Streich: In der Zeit, in der sich Theresa in Straßburg aufgehalten hatte, schrieb sie an Anton einen Brief, in dem sie ihn über die Umstände ihrer Niederkunft informierte.

Dieser Brief wurde einem Eisenbahn-Aufseher ausgehändigt, der in Obereggingen arbeitete und den gleichen Namen trug wie der Pfarrer.

Dieser Mann öffnete den Brief und konnte das, was er zu lesen bekam, nicht für sich behalten.

Bald darauf war Fasnacht. Und zwei Narren machten es sich zum Spaß, den Pfarrer und seine Haushälterin zu verhöhnen. Die eine der maskierten Gestalten ging als Pfarrer verkleidet, während die andere einen künstlich vergrößerten Bauch präsentierte.

Obwohl viele, dem Pfarrer gutgesinnte Dorfbewohner versuchten, die Sache herunterzuspielen, war ein Verbleiben in Obereggingen selbstredend nicht mehr möglich.

4.

Der Beamte der Stadt Offenburg hatte recht gehabt: Das Erzbistum Freiburg verweigerte mir die Akteneinsicht. Die Personalakten der verstorbenen Geistlichen seien von Rechts wegen für die Benutzung gesperrt und dürften nur mit Sondergenehmigung des Ordinarius – das ist der Erzbischof oder dessen Generalvikar – eingesehen werden. Der Erzbischöfliche Archivassessor fügte dem Schreiben an: »Selbstverständlich ist uns bekannt, dass schlimme Dinge, wie sie es zu allen Zeiten gegeben hat, durch Schweigen nicht ungeschehen gemacht werden können. Ebenso wenig aber lassen sie sich durch möglichst vollständiges Aufdecken und Dokumentieren aus der Welt schaffen.«

Der Archivar bot mir einen »Kompromiss« an: »Wenn Sie mir mitteilen, was Sie bisher ermitteln konnten, könnte ich versuchen, Ihre Angaben aufgrund der Quellen entweder zu bestätigen oder aber zu widerlegen.« In der Folge entstand ein reger Briefverkehr, in dem ich auch immer wieder nachhakte, ob es nicht doch möglich wäre, Akteneinsicht zu erhalten.

In einem Schreiben teilte mir der Archivar dann auch mit, er habe nochmals mit dem Generalvikar gesprochen und versucht, »vor dem Hintergrund der Tatsache, dass Ihnen die ›schlimmen Dinge‹ aus Pfarrer Schreibers Biografie ohnehin bekannt sind, doch eine Sondergenehmigung der Akteneinsicht zu erwirken«. Der Generalvikar sei aber von seiner Haltung nicht abgerückt, da er der Mei-

nung sei, »die Akte hätte längst vernichtet werden müssen und wäre dann ohnehin nicht zugänglich«. Um mir aber etwas entgegenzukommen, beauftragte er den Archivar, mir Protokolle von zwei Verhören zuzusenden, die in Straßburg gemacht worden waren.

Mehr als zwei Jahre und einige Briefe später erhielt ich dann doch noch die Bewilligung zur Akteneinsicht. Ich hatte zuvor mehrfach auf die Ungerechtigkeit hingewiesen, dass die Historikerin für ihre Doktorarbeit sämtliche Personalakten von Pfarrer Anton Schreiber einsehen konnte. Ich jedoch, seine Enkelin, durfte das nicht.

In einem längeren Brief versuchte der Archivar die Angelegenheit zu erklären. Er schrieb:

»In der Tat muss es seltsam anmuten, dass Ihnen die Einsichtnahme in die Personalakte Schreibers bisher verwehrt worden ist, wogegen Frau Dr. O. sie vor einigen Jahren nicht nur eingesehen, sondern publizistisch ausgewertet hat. Zu der Zeit, als Frau O. in unserem Archiv arbeitete, war die generelle Sperrung sämtlicher Personalakten aber noch nicht rechtswirksam, sondern es galt lediglich die vom kirchlichen Archivrecht vorgegebene allgemeine Sperrfrist von 30 Jahren nach dem Tod des Betroffenen. Insofern war die Personalakte des 1896 verstorbenen Anton Schreiber frei zugänglich.

Allerdings ist seinerzeit versäumt worden, den Akteninhalt vor der Aushändigung an Frau O. eingehend daraufhin zu prüfen, ob nicht Dinge enthalten seien, die ›ihrer Natur nach nicht für die Öffentlichkeit bestimmt‹ oder geeignet sind, der katholischen Kirche oder dem Ansehen des Betroffenen Schaden zuzufügen. Hätte diese Prüfung stattgefunden, so hätte auch Frau O. die Einsichtnahme verweigert werden müssen. Daher ist Frau O. nicht bewusst und absichtlich besser behandelt worden als Sie, sondern infolge eines Versehens.«

Da ich mich »verständlicherweise durch die Ungleichbehandlung zurückgesetzt« fühle, habe der Herr Generalvikar seine Entscheidung nochmals überdacht und revidiert. Bedeutend dabei sei die Tatsache, dass mir ohnehin die wesentlichen Fakten der Biografie Schreibers bekannt seien. Der Generalvikar erteilte mir die Sondergenehmigung, allerdings mit vier Auflagen:

1. *Ich dürfe mich nur innerhalb der üblichen Öffnungszeiten im Archiv aufhalten. Und zwar nur ich allein.*
2. *Ich dürfe die Akten weder vollständig noch in Teilen fotokopieren.*
3. *Ich müsse mich verpflichten, keine der aus dem Studium der Personalakte gewonnenen Erkenntnisse zu publizieren.*
4. *Ich müsse mich zudem verpflichten – wie das ganz generell bei gesperrtem Archivgut gelte –, dass ich über »Dinge Stillschweigen bewahre«, die ihrer Natur nach nicht für die Öffentlichkeit bestimmt sind.*

Ich bedankte mich höflich für die Genehmigung und teilte mit, dass ich auf die Akteneinsicht verzichte. Auf solche Bedingungen konnte und wollte ich mich nicht einlassen.

Im Übrigen war ich ohnehin bereits im Besitz der wichtigsten Akten. In der Zwischenzeit hatte ich nämlich einen Arbeitskollegen des Archivassessors kennen gelernt.

Wittichen (1874–1878)

Das Kinzigtal und die Klosterkirche hatte Anton viele Jahre zuvor während seiner Kindheit anlässlich einer Wallfahrt mit seiner Mutter und einer Schwester kennen und schätzen gelernt. Auch jetzt genoss er die Reise. Sie verlief von Lauchringen-Waldshut über Basel und Offenburg nach Schenkenzell, wo er aussteigen musste. Seit seiner Abreise hatte er nicht mehr viel gegessen. Deshalb kehrte er im Ochsen ein und gönnte sich ein Vesper und ein Glas Wein. Im Gespräch mit der Wirtin stellte sich heraus, dass sie einen Teil ihres Weines aus der Bühler Gegend, aus Antons Heimat, bezog, und zwar holte sie bereits im Herbst den Saft direkt bei den Rebleuten. Ihr Sohn führte Anton danach das enge Waldtälchen hinauf nach Wittichen, wo es an Regen- oder Nebeltagen ganz schön trist sein konnte. Das Klosterkirchlein war zwar frisch renoviert, aber das Bergwasser, welches von Südosten her in die Kirchenmauern sickerte, lief an den Wänden herunter und schadete den Malereien.

Am meisten überraschte ihn der Zustand seiner neuen Behausung. Kein Wunder, dass der bisherige Pfarrer in den zerfallenen Räumen des in einer Schattenmulde liegenden ehemaligen Klosters schwer krank geworden war. Eigentlich war es für das Haus Fürstenberg eine Schande, dass es für die Instandstellung und Erhaltung dieses Klosters nicht mehr Geld aufbrachte, hatte es doch bei der Aufhebung des altehrwürdigen Frauenstiftes die riesigen Klosterwälder ganz billig erhalten.

In dieser trostlosen Ruine sollte Anton nun leben, und zwar mutterseelenallein?

Anton schrieb Theresa einen Brief und bat sie, wieder als Haushälterin zu ihm zu kommen. Er kannte ihren Fleiß und ihre Tüchtigkeit. Sie scheute sich nie, auch bei handwerklichen Arbeiten Hand anzulegen. Und da war auch noch etwas anderes. Darum fügte er am Schluss des Briefes einen Vers von Joseph Victor von Scheffel an – einer seiner Lieblingsdichter.

Deine Locken lass mich küssen,
Trinken deiner Augen Licht,
Einmal noch, und dann nicht wieder,
Denn ich weiß den Weg der Pflicht.

Deine Hand reich mir zum Scheiden,
Neig dein kindlich Angesicht
Einmal noch, und dann nicht wieder,
Denn ich weiß den Weg der Pflicht.

»So ein Schelm«, dachte Theresa und packte ihren Koffer.

Nach zwei Monaten war die heruntergekommene Klosterwohnung kaum mehr wiederzuerkennen. Gemeinsam hatten die beiden sie von Grund auf renoviert. Nur für die schwersten Arbeiten hatte sich Anton einen Handwerker geleistet. Die Leute im Dorf staunten über ihren neuen Pfarrer. Noch selten hatten sie so einen Geistlichen gesehen, der nicht nur die Messe zelebrieren und gescheit predigen konnte, sondern der auch im Alltag anzupacken wusste.

Theresa betete viel, aber die Arbeit stand an erster Stelle. Da konnte ihr niemand etwas vormachen. In Gedanken aber war sie oft bei ihrem Buben. Sobald wie möglich wollte sie ihr Kind, das sie heimlich ins Waisenhaus gegeben hatte, abholen und in der Nähe an einen geeigneten Pflegeplatz bringen lassen. Doch bald erfuhr sie, dass das Kind von einem kinderlosen Ehepaar aus der Rheinebene abgeholt und adoptiert worden war. Der Name dieser Leute war nicht ausfindig zu machen.

Theresa war traurig und wütend.

Man hätte sich doch, bevor man das Kind weggab, mit ihr

in Verbindung setzen und ihr den Namen der Pflegeeltern nennen können!

Aber was blieb ihr anderes übrig, als sich in ihr Schicksal zu fügen? Und dieses, so glaubte Theresa, wollte sie weiterhin bei ihrem Onkel im Pfarrhaus sehen.

Im Geheimen lebte Theresa mit dem Pfarrer zusammen, als wäre sie dessen Frau.

Nach außen spielte sie die Haushälterin.

Dem Anton Schreiber war dieses Versteckspiel lästig, wie das Leben im so beschaulichen wie langweiligen Dörfchen ganz allgemein. Wenn er die Eintönigkeit des Alltags nicht mehr aushielt, ließ er spontan die Frühmesse absagen und verließ das Dorf. Angaben über sein Reiseziel machte er nie. Meistens wusste nicht einmal Theresa Bescheid.

Mit der Zeit geschah dies immer öfter. In seiner Reisetasche führte er jeweils Zivilkleider mit, die er sich bei der erstbesten Gelegenheit überzog. Frei sein! Endlich tun und lassen, was man wollte, ohne von überall tadelnde Blicke zu kassieren.

Gelegentlich gönnte sich Anton auch einen Bildungsurlaub. Etwa im Jahre 1876 zur Einweihung des neuen Festspielhauses in Bayreuth. Seine Bewunderung für Wagner war groß. Dieser Mann, der in jungen Jahren so arm war, dass er für seine ersten Dirigentenauftritte anstelle eines Taktstockes das Lineal seines Freundes, des Architekten Gottfried Semper, benutzen musste, hatte es geschafft. Nach Jahren der Missgunst und Ablehnung war er in den höchsten Sphären der Gesellschaft und Kultur angekommen.

Anton war insbesondere interessiert an der Architektur des Festpielhauses, und er wollte sich die Gelegenheit nicht nehmen lassen, die Reichen und Schönen aus nächster Nähe zu erleben. Vielleicht konnte er sogar den Kaiser sehen, die faszinierende Cosima oder den grimmigen Nietzsche, den Anton heimlich bewunderte.

Kurze Zeit später griff Anton selber zur Feder. Mit dem Werk hätte er seinem Vorbild allerdings bestimmt keine Freude gemacht. Aber was soll's? Sie musste halt gemacht werden, die Cura-Arbeit. Und am besten schien es ihm, den Text so zu verfassen, dass seine Obrigkeit Freude daran fand und er so etwas an Boden wettmachte, den er wegen seines bekannt gewordenen Lebenswandels verloren hatte. Anton wusste genau, was man dort hören wollte.

Das Thema seiner Arbeit lautete: »Das kirchenfeindliche Bestreben der Entchristlichung des weiblichen Geschlechtes, und Mittel dagegen«. Auf über zwanzig Seiten wendete er sich gegen die aufkommende selbstständige Lebensweise der Frauen. Eine große Schuld für diese Entwicklung gab er den Freimaurern. Den Schluss seiner Ausführungen bildete ein Aufruf an die Kirche, vor allem an deren Priester, den möglichen Einfluss und den Kampf gegen die herrschende Tendenz aufzunehmen. Er schrieb: »Darum ist es heilige Pflicht, besonders der Priester, nicht nur fest zu stehen im Vertrauen auf den Schutz von Oben, sondern auch selbsttätig mitzuwirken und von allen gesetzlich erlaubten Mitteln Gebrauch zu machen. Erfüllen wir unsere Pflicht, helfen wir uns selbst, dann wird uns Gott helfen.«

Am Verhältnis zwischen dem Pfarrer und seiner Haushälterin hatte sich nichts geändert.

Und so meldete sich alsbald wieder ein Kind an.

Anton ließ das unberührt. Er hatte ja inzwischen genug Erfahrung, wie solche Dinge geregelt werden konnten. Zudem hatte er auch seinen Teil der Erbschaft erhalten, die nach dem Tode des Vaters fällig geworden war. Und mit Geld konnte so manches Problem gelöst werden.

Nein, Anton plagten keine Gewissensbisse. Dass er das Leben genießen wollte, betrachtete er nicht als Sünde. Wenn die katholische Kirchenbehörde dafür kein Verständnis aufbrachte, war dies ihr Problem. Solange er im Amt bleiben durfte und man ihn nicht allzu sehr drangsalierte, war er immer noch mit seiner Berufswahl zufrieden. Schließlich erhielt er als Priester ein gutes und regelmäßiges Einkommen. Er war durchaus in der Lage, für seine Kinder zu sorgen.

Für Theresas zweites Kind wollte man die Bekanntschaft mit einer gewissen Frau Heitz aus Schenkenzell nutzen. Theresa hatte sie ein Jahr zuvor auf einer Wallfahrt nach Heiligenbronn kennen gelernt. Seither pflegte sie einen regen Kontakt mit ihr. Im Sommer gingen sie zusammen in die nahen Wälder zum Holz- und Beerensammeln. Frau Heitz war eine arme Frau. Ihr Mann war jung gestorben, und ihre einzige Tochter, Rosine hieß sie, bereitete ihr viel Kummer. Mit der Auswahl ihrer Bekanntschaften war Rosine nicht wählerisch.

Die beiden Frauen gingen regelmäßig zur Beichte nach Wittichen. Anton erfuhr so, dass Rosine demnächst in Straßburg eine Stelle als Dienstmädchen antreten würde, und bat sie um das Einverständnis, bei der Geburt des Kindes den Namen Heitz in das Geburtsregister eintragen zu dürfen. Geplant war ferner, dass Rosines Mutter dann das Kind als ihr Großkind zu sich nach Hause nehmen würde. Auf diese Weise war es möglich, dass

Theresa zu Besuch ging und für das Kind sorgte. Nach einer gewissen Zeit, wenn niemand mehr Verdacht schöpfen konnte, wollte sie dann das Kind ganz zu sich in Pflege nehmen.

Einige Monate vor der Niederkunft entfernte sich Theresa aus dem Pfarrhaus. Gleichzeitig übernahm ihre Schwester Anna den Haushalt.

Im Jahre 1876 brachte dann Theresa in Straßburg ihr zweites Kind auf die Welt. Man taufte es auf den Namen Franz. Der für die Anmeldung der Geburten zuständige Spitalbeamte war von Anton eingeweiht worden. Er ließ im Register als Mutter den Namen Rosine Heitz eintragen. Als Theresa Tage später das Spital verließ, wurde sie von Frau Heitz abgeholt, die das angebliche Großkind zu sich in Pflege nahm.

Wie man zuvor gemeinsam vereinbart hatte, kam Frau Heitz sehr oft mit dem Kind nach Wittichen ins Pfarrhaus, wo es dann von Theresa betreut wurde. An anderen Tagen wiederum machte Theresa in Schenkenzell einen Besuch.

So raffiniert Theresa und Anton ihr intimes Verhältnis und die daraus resultierenden Folgen auch vertuschen mochten, konnten sie die Verdächtigungen doch nicht verhindern. Die Details dazu erfuhren die Kirchenoberen jedoch erst viel später, als man in allen Pfarreien, in denen Anton Schreiber gewirkt hatte, Erkundigungen einzog.

So ging aus einem Bericht hervor, dass sich Theresa wiederholt aus dem Pfarrhaus entfernt und stattdessen ihre Schwester Anna den Haushalt geführt habe. Einmal hatte eine Person beobachtet, dass sich Theresa heimlich in das Pfarrhaus schlich, wo sie sich für einige Zeit verborgen hielt. Gemäß Aussage jener

Person habe sie »so angegriffen ausgesehen«, dass man den Verdacht hatte, sie habe zuvor ein Kind geboren. Später sei Theresa erneut von Wittichen weggezogen, aber immer wieder für längere Zeit zurückgekehrt. Ferner berichtete die Frau des Bürgermeisters, auf dem Abort eine Quittung für bezahltes Pflegegeld für ein Kind entdeckt zu haben. Man erinnerte sich auch, dass ihre Schwester Anna, die jeweils während der Abwesenheit den Haushalt führte, nicht gut mit Theresa auskam, da diese beim Pfarrverweser »mehr in Gunsten« gestanden habe.

Die Erzdiözese erfuhr aber einiges über die Lebensweise des Pfarrers Anton Schreiber bereits während seiner Amtszeit in Wittichen. Dafür sorgte der Pfarrer aus einer nahe gelegenen Gemeinde. Dieser stand zwar in Untersuchung wegen eigener Verfehlungen, scheute sich aber nicht, seinen Mitbruder Anton Schreiber anzuschwärzen, bei dem er sich öfters aufhielt. Bei seinen Besuchen im Witticher Pfarrhaus sei ihm aufgefallen, dass die Haushälterin seit einiger Zeit nicht mehr anwesend sei, worüber er sich gewisse Gedanken gemacht habe, teilte er der Obrigkeit mit. Gleichzeitig berichtete er von Wirtshaushockerei, Kartenspielen, Alkoholproblemen sowie dass sein Kollege öfters abwesend sei und den vorgeschriebenen Schulunterricht versäume.

Die Kirchenbehörde ging jedoch auf die Beschwerden des Geistlichen nicht ein. Stattdessen tat sie, was sie gewohnt war zu tun: Sie versetzte den eigenwilligen Pfarrer. Aus den Augen, aus dem Sinn.

Es war Dezember 1878, und die Reise führte diesmal nach Waldau. An einem anderen Ort würde vielleicht alles besser.

5.

Wenn ich auf meine Forschungsarbeit zurückschaue, muss ich immer wieder staunen. Stets gelangte ich »per Zufall« an die richtige Stelle, kontaktierte die richtige Person – wie etwa beim Schreiben an die Stadt Offenburg. Ich hätte mich ja an jede andere Stadt im Schwarzwald wenden können und wäre da möglicherweise ins Leere gelaufen. Aber in Offenburg gelangte ich ausgerechnet an einen Beamten, der sich an die zwei Jahre zuvor publizierte Doktorarbeit erinnern konnte, in der Anton Schreiber am Rande erwähnt wurde. Es scheint mir, als ob ich von unsichtbarer Hand gelenkt worden sei.

Ein besonders glücklicher Kontakt wurde mir auch im Erzbischöflichen Archiv Freiburg beschert. Nachdem mir die Akteneinsicht nur unter unsinnigen Auflagen gewährt worden war, erhielt ich dank einem etwas rebellischen Archivar auf Umwegen die wichtigsten Akten auch ohne Bewilligung des Generalvikars.

Diese Geschichte fing so an: Auf eines meiner ersten Schreiben, das ich an das Archiv der Diözese gerichtet hatte, antwortete mir ein gewisser Franz H. Es war Sommer 1996, der Archivar stand kurz vor der Pensionierung. Er ließ mir nicht nur Dokumente zukommen, sondern half mir auch mit vielen weiteren Informationen. Seine Hinweise waren mir eine große Hilfe und Inspirationsquelle, weshalb ich sie im ganzen Wortlaut wiedergeben möchte:

Freiburg, den 12. Juli 1996

*Sehr verehrte Frau Flubacher,
ausnahmsweise hat mich die Ahnenforschung fasziniert. Die Lektüre der Personalakte Ihres Großvaters ist spannend. Die wichtigsten Dokumente habe ich Ihnen kopiert. Sie dürfen die Akten selbst lesen. Sie brauchen dazu allerdings die Genehmigung unseres Generalvikars.*

Ich würde ihn aber nicht wissen lassen, dass Sie die Enkelin des Pfarrers sind; denn dann bekommen Sie keine Akteneinsicht. Schreiben Sie nur, dass zu Ihrer Sippe auch der Priester A. S. gehört.

Ihr Großvater ist auch in die wissenschaftliche Literatur eingegangen, wie Sie aus der Kopie der Habilitationsschrift von Irmtraud Götz von Olenhausen sehen können. Vielleicht sind Sie durch dieses Buch auf die Personalakte aufmerksam geworden?

Sehr begabt war Ihr Großvater, aber auch ein sehr triebstarker Mann. Hoffentlich belastet Sie dieses Wissen nicht. Andererseits, wer erfährt über seinen Großvater so viel?

Gesundheitlich hat es ihm doch auch zugesetzt. Und als er sich im preußischen Hohenzollern einer Strafverfolgung ausgesetzt sah, wollte er sich zu seinem Bruder nach Amerika absetzen, starb aber in Le Havre.

Mit guten Wünschen und freundlichen Grüßen
F. H.

Freiburg, den 25. Juli 1996

Sehr verehrte Frau Flubacher,
Sippenmitglied eines Priesters zu sein, das kann der Kirchenleitung nur angenehm sein; aber Enkelin eines katholischen Priesters zu sein, das gefällt ihr gar nicht. Es soll ja alles so vollkommen sein, und die Sündhaftigkeit auch der Priester vertuscht man und will sie nicht wahrhaben; das hat es einfach nicht zu geben.

Sie können natürlich als Enkelin die Akteneinsicht beantragen. Ich bin sogar sehr neugierig, wie die Geschichte ausgeht. Sollte es schiefgehen, weiß ich schon einen Weg, Ihnen zum Ziel zu verhelfen.

Die Stelle im Brief vom 2. Januar 1897 aus Le Havre heißt Partikularjubiläum.

Alle 25 Jahre ist Heiliges Jahr. In diesen Jubiläumsjahren wird ein vollkommener Ablass ausgeschrieben, und Beichtväter erhalten die Erlaubnis, von Sünden loszusprechen, die sonst dem Bischof oder dem Papst zur Lossprechung vorbehalten sind.

Ein Partikularjubiläum wurde wohl aus besonderen Anlässen für ein Land oder einen Orden ausgeschrieben. Ihr Großvater hat offensichtlich die Bedingungen für das Partikularjubiläum erfüllt, so dass ihn der Priester von den Reservatsünden lossprechen und er »recht erbaulich« sterben konnte.

Ein Buch über das Leben eines katholischen Pfarrers in damaliger Zeit ist mir nicht bekannt und Jahrgangsbände, wie man sie heute hat, kannte man auch noch nicht.

Ein katholischer Pfarrer hat morgens die Messe gelesen, Brevier gebetet, Religionsunterricht erteilt. Taufen, Trauungen und Beerdigungen kamen in einer kleinen Dorfpfarrei nur wenige im Jahr vor. Die Sonntagspredigt war vorzubereiten und vor den Sonn- und Feiertagen musste er Beichtgelegenheiten geben. Verwaltungsarbeit war noch weniger als heute. Die Tauf-, Ehe- und Kirchenbücher musste er führen.

Viel Zeit nahm die Landwirtschaft in Anspruch. Die Besoldung bestand aus dem Widdumsgut, den Grundstücken, mit denen die Pfarrei ausgestattet war. Heute werden die Pfarrgüter verpachtet.

Im Ganzen und Großen hatten die Pfarrer viel Muße. Manche wurden Bienenspezialisten, wie ich selber einen kannte. Ein alter Priester unserer Diözese ist Stein- und Orchideenspezialist, beherrscht leidlich sechzehn Sprachen, darunter Chinesisch, und hat das Lied »Stille Nacht, Heilige Nacht« in alle europäischen Sprachen übersetzt.

Andere wieder unterliegen der Versuchung der Langeweile und werden Wirtshaussitzer oder nehmen geschlechtliche Beziehungen zu Frauen auf. Alles das gibt es bei den Menschen im Laienstand auch; nur nimmt man das hier nicht so tragisch wie bei einem Priester, von dem man von Berufs wegen Vollkommenheit erwartet. ›Schuld‹ in den meisten Fällen ist das unsinnige Zölibatsgesetz. Es ist biblisch nicht begründet und erst eingeführt worden, als die Kirche schon über tausend Jahre alt war. Der Zweck war sehr banal: damit das Kirchengut nicht vererbt wird, sondern in der Toten Hand bleibt. Da es nicht so viele von Natur aus begabte Zölibatäre gibt, wie man Pfarrer braucht, so ist das Unheil vorprogrammiert. Die Ehelosigkeit ist mit 24 Jahren auch leichter zu versprechen als mit 40. Die Sexualität ist letztlich etwas eminent Geistiges, das mit reiferen Jahren wesentlich stärker ist als in jungen Jahren. Claudel schreibt irgendwo: Es komme mir keiner unter 30 und behaupte, er sei zum Zölibat berufen.

Die Kirche verteufelt alles Materielle und Fleischliche, das doch Gottes Werk ist. Damit ist sie auf dem Holzweg.

Nun habe ich Ihnen genug konzeptlos geschrieben. Auf weitere Fragen antworte ich gern. Schuldig sind Sie nichts. Für die Süßigkeit herzlichen Dank.

Mit herzlichen Grüßen

F. H.

Waldau (1878–1882)

Von der Höhenluft in Waldau erhoffte sich Anton eine Besserung seiner gesundheitlichen Probleme. Schon seit Langem hatte er immer wieder beim Atmen asthmaartige Beschwerden, die sich im engen Tal von Wittichen verschlimmerten.

Waldau ist ein Kleinod unter den Schwarzwalddörfern. Es liegt im oberen Langennordachtal, einem typischen Schwarzwaldtal mit großen, weit verstreut liegenden Bauernhöfen. Seit vielen Generationen pflegten die Menschen die grünen Wiesen, Felder und Tannenwälder und lebten von der Landwirtschaft, die allerdings trotz mühseliger Arbeit nur wenig Ertrag brachte und für den Lebensunterhalt der meist kinderreichen Familien kaum ausreichte. Die wirtschaftliche Lage besserte sich aber zusehends, als die Schwarzwälder Uhrenindustrie immer mehr aufkam. Auch die Strohflechterei bedeutete im Winter für die Frauen einen kleinen Nebenverdienst. Und als ab Mitte der Sechzigerjahre die ersten Kurgäste nach Waldau kamen, brachten auch diese zusätzlich etwas Geld ins Dorf. So manche Bewohner kamen mit der Zeit zu einem bescheidenen Wohlstand.

Den neuen Pfarrverweser nahm man herzlich in der Gemeinde auf und beobachtete zunächst einmal sein Auftreten. Er schien auf den ersten Anblick ein freundlicher und verständnisvoller Mensch zu sein; er beklagte sich nicht einmal über die etwas heruntergekommene Pfarrhauswohnung, legte gleich selber Hand an und ersparte so der Gemeinde die Kosten für die Renovation. Ganz allgemein schien er ein fröhlicher Mensch zu sein, der viel Verständnis für menschliche Sünden aufbrachte. Jedenfalls fiel bei ihm das Beichten ganz leicht.

Was die Haushälterin betraf, so schätzte man ihre Tüchtigkeit. Sie entdeckte schnell die fruchtbarsten Plätzchen, die Gott der Gemeinde geschenkt hatte, und sammelte Heidel-, Preisel- und Himbeeren, aber auch Teekräuter wie Waldmeister, Johanniskraut oder Arnika. Es machte ihr Freude, auf den nach einem Regen oder im Morgentau grün-silbern glänzenden Matten den reichlich wachsenden Frauen- oder Silbermanteltee zu pflücken. Ihr Onkel allerdings, der Pfarrer, hielt vom Teetrinken nicht allzu viel.

Theresa war auf eine sparsame Lebensweise bedacht. Außer ihrem kleinen Lohn wollte sie auch vom Haushaltungsgeld etwas ersparen und auf die Seite legen. Das war auch der Grund, weshalb sie auf einigen Höfen der Gemeinde mithalf, so viel es ihre Zeit erlaubte. Wenn auch damit kaum bares Geld zu verdienen war, schaute dabei doch immerhin mindestens ein feines Bauernvesper oder ein Pfund Butter, ein Laib Brot oder ein Stück Speck zum Mitnehmen heraus, was ihrem Haushaltungsgeld zugute kam. Theresa war eine gern gesehene Hilfe. Sie machte sich beim Einbringen der Ernte nützlich, sie besorgte den Haushalt der überlasteten Bäuerinnen oder betreute deren Kinder.

Auch in den Gasthäusern half sie gelegentlich aus. Und dies alles, obwohl es ihr auch im Pfarrhausalt an Arbeit nicht fehlte. Es gab nämlich Tage, wo sie nicht nur für Anton zu kochen hatte, sondern auch für Gäste, die er eingeladen hatte oder die ihm überraschend einen Besuch abstatteten. Es war damals Mode, dass Pfarrherren in ihrer freien Zeit auf Wanderungen gingen oder mit der Kutsche ausfuhren und andere Pfarreien besuchten.

Theresa saß in der Frühmesse und in jedem Gottesdienst stets in den vordersten Bänken und betete eifrigst. Theresa war eine gläubige Katholikin.

Anton genoss alles, was ihm Freude machte. Dazu gehörte auch der rege Kontakt mit der Dorfbevölkerung. Bei jeder sich bietenden Gelegenheit mischte er sich unter die Leute, und wenn es etwas zu feiern gab, machte er stets fröhlich mit. Auf diese Weise lernte er die Menschen schnell kennen. Mit einigen verband ihn bald eine enge Freundschaft. Der Pfarrer liebte den Bauernstand. Bereits in den ersten Tagen seiner Waldauer Amtszeit lernte er die Bewohner des auf der Höhe liegenden Widihofes kennen. Sie schätzten nicht nur seine gelegentliche tatkräftige Mithilfe auf dem Bauernhof. Auch als Seelsorger hatten sie ihn sehr nötig. Das dritte Kind der Familie war sein erster Täufling. Und bereits einige Monate später hatte er die traurige Pflicht, den jungen Vater, der plötzlich schwer erkrankt war, mit den heiligen Sterbesakramenten zu versehen. Nicht nur mit dessen Witwe, sondern auch mit deren Schwägerin blieben Anton und Theresa über Jahre hinweg freundschaftlich verbunden. Die Schwägerin hatte auf einem Grundstück, das sich in der Nähe des Pfarrhauses befand, ein Häuschen bauen lassen, das sie nun dem Pfarrer günstig vermietete. Die Verhältnisse im Pfarrhaus waren zu eng, wenn Gäste kamen. Das Häuschen bot dann auch die Gelegenheit, dass Margaretha – Theresas Mutter beziehungsweise Antons Schwester – für einige Zeit nach Waldau kam. Der Arzt hatte ihr wegen der Atembeschwerden eine Luftveränderung empfohlen.

Und bald gab es noch einen anderen Grund für Margaretha, in Waldau zu wohnen: Theresa war wieder schwanger. Weil sie es verstand, sich geschickt zu kleiden, konnte sie diesmal etwas länger zuwarten, bis sie sich von Anton entfernte.

Geplant war wiederum, nach Straßburg zu gehen und die Dinge dort zu regeln. Erneut konnte das Paar auf die Verschwiegenheit von Angehörigen zählen.

Etwa drei Monate vor der Geburt zog Theresa von Waldau fort und mietete in der Nähe von Straßburg eine kleine Wohnung. In dieser Zeit besorgte ihre Schwester Anna den Pfarrhaushalt in Waldau. Im Dorf vermutete man, Theresas Abwesenheit habe gesundheitliche Gründe.

Ende des Jahres 1879 begab sich Theresa in das Straßburger Krankenhaus, wo sie ihr drittes Kind auf die Welt brachte. Es war ein Mädchen und man taufte es Dorothea. Bei dieser Geburt kam den Eltern ein Zufall zur Hilfe. In der Nacht, als die kleine Dorothea das Licht der Welt erblickte, brachte nebenan eine andere Mutter ein totes Kind auf die Welt. Sie wurde von einem in der Klinik arbeitenden Onkel Antons und dem Spitalpfarrer darum gebeten, gegen Bezahlung eines Geldbetrages das uneheliche Kind von Theresa an Stelle ihres toten Kindes anzunehmen. Frau Kunzelmann, so ihr Name, ging auf den Handel ein. Ihre kinderreiche Familie lebte in armen Verhältnissen, weshalb das Geld eine willkommene Hilfe bedeutete.

Frau Kunzelmann verließ das Spital und nahm Dorothea mit nach Hause, als ob es ihr eigenes Kind sei. Es war vereinbart, dass das Baby nach einiger Zeit abgeholt würde.

Nach der Geburt ging Theresa wieder ins Pfarrhaus nach Waldau zurück. Sie hatte mit ihrer Schwester Juliana vereinbart, dass diese sich bis auf Weiteres um Dorothea kümmern werde. Frau Kunzelmann lebte nicht weit von ihrem Wohnort Rittersbach entfernt, was Besuche erleichterte. Bei diesen Gelegenheiten bezahlte Juliana dann auch das Kostgeld. Und immer wieder brachte auch Frau Kunzelmann das Kind nach Rittersbach zu Juliana. Eines Tages ließ sie es dann für immer dort. Juliana erklärte den Behörden, sie habe das Kind als Pflegekind angenommen. Auf diese Weise gehörte es nach einer gewissen Zeit ganz zur Familie.

Eines Tages erfuhr Anton durch die Wirtin des nahe beim Pfarrhaus liegenden Gasthauses, sie suche eine Dienstmagd, was er dann Theresa erzählte. Sie dachte sofort an Frau Heitz, die Pflegemutter ihres zweiten Kindes. Seit Theresa von Wittichen weggezogen war, kam Frau Heitz mit dem kleinen Franz immer wieder zu ihr nach Waldau. Beim nächsten Besuch berichtete Theresa von der Stelle. Auf diese Weise wäre es ihr möglich, sich ihrem Kind etwas mehr anzunehmen und, wenn die Zeit reif dafür wäre, ganz bei sich zu behalten. Kein Mensch würde merken, dass es ihr eigenes Kind war – dachte sie. Der Bub hieß ja Franz Heitz.

Zwei Wochen nachdem Theresa mit den Wirtsleuten gesprochen hatte, trat Frau Heitz im Gasthaus zur Traube, zu dem ein großer Bauernhof gehörte, ihre Arbeit an. Ihr angebliches Pflegekind durfte sie, wie abgemacht, bei sich haben. Und Franz wurde, wie geplant, regelmäßig von Theresa abgeholt, bis sie ihn schließlich ganz im Pfarrhaus behielt.

Die Bewohner von Waldau waren mit ihrem Pfarrer im Großen und Ganzen zufrieden. Er war keiner der Eiferer, die den einfachen Leuten das Leben, das ohnehin mühsam genug war, mit strengen Ermahnungen noch schwerer machte. Mit der Zeit kannte Anton seine Schäfchen nur zu gut. Auch über deren materielle Verhältnisse wusste er Bescheid. Er fand schnell heraus, wem er im Beichtstuhl Trost und Absolution ohne Buße zu geben hatte – und wen er ruhig in die Tasche greifen lassen konnte.

Jedenfalls war die Versuchung groß, eine Spende für einen guten Zweck zu verlangen, damit sich das sündige Herz reinwaschen kann. Nicht nur für seine privaten Interessen konnte Anton einen Zustupf brauchen – er hatte ja inzwischen drei Kinder zu unterstützen, auch die Pfarrei konnte einen Obolus gebrauchen. Insbesondere die Kirche schien ihm eine Auffrischung nötig zu haben. Sie passe so gar nicht in die edle, anmutig schöne Landschaft. Der Gedanke eines Umbaus ließ ihn nicht mehr los, und so brachte er seine Pläne unter die Leute. Er gab sein Bestes in den Gottesdiensten, wo er flammende

Reden für den Umbau hielt. Und er missionierte abends in den Dorfwirtschaften am Biertisch.

Der Kirchenumbau kostete eine stattliche Summe Geld, und die musste von der Bevölkerung getragen werden. Mit den richtigen Worten weckte Anton bei den Waldauer Bürgern die Spendefreudigkeit. Es gab im Dorf einige ziemlich vermögende Bürger, die Jahre zuvor durch den Uhrenhandel zu Wohlstand gekommen waren. Der Pfarrer hatte auch die Idee, eine Uhrenlotterie durchzuführen, um die Kasse zu füllen. Das Innenministerium genehmigte das Vorhaben, worauf Anton 7000 Lose verkaufen ließ.

So kam zwar nach und nach ein ansehnliches Grundkapital zusammen, das aber laut dem Karlsruher Kirchenbauamt immer noch zu klein war. Nur dank einem Kredit einiger wohlhabender Bürger wurde die Genehmigung schließlich erteilt.

Der Trubel ums Geld hatte die Stimmung in Waldau allerdings kippen lassen. Immer mehr wurde Kritik am Pfarrer laut. So mancher Bürger war inzwischen misstrauisch geworden und begann an der korrekten Verwendung des Geldes zu zweifeln. Den Leuten entging nicht, dass der Pfarrer im Verhältnis zu seinem Lohn ein ziemlich aufwendiges Leben führte. Sie kritisierten in erster Linie die vielen Wirtshausbesuche und die Reisen.

Im Jahr 1881 meldete sich schon wieder ein Kind an. Der Kirchenumbau lief zu dieser Zeit gerade auf Hochtouren. Das Interesse der Dorfbevölkerung galt, was Kirche und Pfarramt anbetraf, dem Umbau. Die Schwangerschaft, so meinten Theresa und Anton, werde auch diesmal bestimmt nicht bemerkt.

Gefehlt. Theresas Zustand blieb keineswegs verborgen. In gewissen Kreisen begann man zu rätseln, wer wohl der Vater des Kindes sei. Viele tippten dabei auf den Schreiner, der während des Kirchenumbaues im Pfarrhaus wohnte. Andere meinten, es könne durchaus auch der Pfarrer selbst sein.

Für Theresa stand fest, dass für die Geburt dieses Kindes Straßburg nicht mehr in Frage kam. Diesmal sollte die Sache so normal wie möglich ablaufen. Diesmal sollte das Kind wenigstens ihren Namen tragen.

Das Kind kam dann am 26. September 1881 in Mülhausen im Elsass, wo Theresa ein Zimmer gemietet hatte, auf die Welt. Es war wieder ein Mädchen. Die Hebamme ließ es mit dem Namen Rosa Maria Scherer als uneheliches Kind der Theresa Scherer eintragen. Ganz regulär.

Es war aber klar, dass sie nach der Geburt mit diesem zivilamtlich auf ihren Namen eingetragenen, unehelichen Kind nicht ins Pfarrhaus zurückkonnte. Deshalb gab sie das Kind zunächst an einen Pflegeplatz in Rixheim. Sie selbst ging nach Waldau zurück, wo sie den inzwischen von ihrer Schwester Anna geführten Haushalt wieder übernahm.

Später brachte sie das Rosmariele – wie Rosa allseits genannt wurde – nach Mülhausen an einen anderen Pflegeplatz. Dort besuchte sie das Kind viel und holte es von Zeit zu Zeit für einige Stunden ab. Manchmal kam auch ein gut gekleideter Herr auf Besuch. Er trug eine weiße Brille, einen großen Hut und auf der Brust eine goldene Kette. Den Hut nahm er nie ab. Die Pflegemutter hielt ihn für einen Geistlichen und hatte ihn im Verdacht, der Vater des Kindes zu sein.

Anton war ein eifriger Leser. Er las nicht nur die Bibel, er befasste sich auch mit Werken einiger Philosophen, die zum Teil im offenen Widerspruch zum Christentum standen. Anton las

Hegel, Kant, Nietzsche, Schopenhauer und Feuerbach, und zwar vor allem, weil sie den Zeitgeist so sehr prägten. Er sagte sich: Wer nicht nur predigen, sondern auch mitreden will, muss diese Schriften kennen. Von Kant lernte er, dass Religion ein moralisch sinnvoll geführtes Leben bedeutet. Gott und Unsterblichkeit sind nach ihm nicht beweisbar. In der Religionsphilosophie von Feuerbach interessierte ihn der Gedanke, dass die Idee eines Gottes von menschlichen Vorstellungen erzeugt wird. Der Pfarrer Anton Schreiber konnte sich dem allgemein herrschenden Zeitgeist der Aufklärung nicht entziehen. Wenn er auch dem allgemeinen Grundton des atheistischen Gedankengutes nicht in letzter Konsequenz folgen konnte und wollte, gaben ihm die im Umlauf befindlichen Schriften und Bücher der Gelehrten doch sehr zu denken und erweckten auch bei ihm starke Zweifel am traditionellen Glauben. Schließlich waren es ja keine Dummköpfe, die das geschrieben hatten. Viele seiner Schäfchen in der Pfarrgemeinde dachten ähnlich. Sie waren des übertriebenen Kultes und der Bevormundung durch die katholische Kirche in Glaubensfragen überdrüssig. Der Marx habe schon recht, rief ein Waldauer im Wirtshaus dem Pfarrer zu, »Religion ist Opium fürs Volk«.

Er bleibe lieber beim Bier, entgegnete darauf Pfarrer Schreiber und prostete ihm freundlich zu.

In Runden wie diesen liebte man den so witzigen wie aufgeschlossenen und aufgeweckten Pfarrer.

Im Jahre 1882 konnte der Kirchenumbau abgeschlossen werden. Anton setzte sich mit viel persönlicher Energie für ein gutes Gelingen ein. Er legte von früh bis spät selbst Hand an; als Träger von Stein und Holz, als Handlanger und Fuhrwerker.

Man konnte ihn von einem Maurer fast nicht unterscheiden. Kaum hatte er jeweils die heilige Messe gelesen, wechselte er die Kleider und stürzte sich in die Arbeit. Durch diesen persönlichen Einsatz seiner eigenen Arbeitskraft konnte viel Geld gespart werden. Der Pfarrer war ein Mann der Tat. Das beeindruckte die Waldauer.

Trotzdem waren mit der Zeit nicht mehr alle Leute zufrieden, insbesondere als durchsickerte, dass ihr Pfarrer bei der Obrigkeit, der Erzdiözese Freiburg, in Ungnade gefallen war, weil er den Kirchenumbau allzu eigenmächtig realisiert habe. Einige Gemeindemitglieder hatten das Vertrauen in ihren Pfarrer verloren, weil er, wie sie argwöhnten, die Spendengelder unlauter verwendete. Und andere kritisierten seinen Lebensstil sowie das zwielichtige Verhältnis zu seiner Haushälterin, die ja immerhin seine Nichte war. Ein Pfarrer, der ein Gelübde abgelegt habe, müsse doch auch leben, was er predige.

Auslöser für die erneute Versetzung in eine andere Gemeinde war schließlich der Streit mit dem Dorfschullehrer. Dieser beschwerte sich beim Bezirksamt Neustadt über den Pfarrverweser, was zur Abklärung an die Freiburger Kirchenbehörde weitergeleitet wurde. Diese wiederum beauftragte die erzbischöfliche Schulinspektion in St. Märgen mit den notwendigen Ermittlungen.

Dabei wurde festgestellt, dass es beim Streit zwischen Lehrer und Pfarrverweser ursprünglich um den Organistendienst in der Pfarrkirche ging. Der Lehrer hatte den Gemeinderat und die weltlichen Mitglieder der Stiftungskommission dazu gebracht, ihm durch gemeinsamen Beschluss den Organistendienst zu übertragen. Pfarrverweser Schreiber weigerte sich jedoch, diesen Beschluss umzusetzen, da der besagte Dienst bereits mehr als zwei Jahre zuvor per Vertrag an ein anderes Gemeindemitglied vergeben worden war.

Mitten in diesem offenen Streit bekam der Pfarrer Rückendeckung aus dem Dorf. 61 der 80 wahlberechtigten Bürger von Waldau unterzeichneten einen Brief, in dem sie sich mit Anton Schreiber solidarisierten und die kirchliche Obrigkeit baten, ihm die Pfarrstelle definitiv zu übertragen. Doch darauf wurde nicht eingegangen. Das Kapitelsvikariat hatte bereits entschieden, den Pfarrverweser Schreiber nach Honau zu versetzen. Zugleich wurde ihm die kanonische Institution zum Pfarrer erteilt.

Die Übertragung einer Pfarrei als eigene Pfründe bedeutete für Anton einen beruflichen Aufstieg und ein höheres Einkommen. Offensichtlich hatte er einen mächtigen Fürsprech an maßgebender Stelle.

6.

Freiburg, den 11. Oktober 1996

Sehr verehrte Frau Flubacher,
wie die Sache mit der Akteneinsicht weiterging, wollte ich erfragen. Nun sind Sie mir mit Ihrem Brief zuvorgekommen, weil ich mir nach Jahren zwei Wochen Urlaub in Bad Bertrich in der Südeifel genehmigte.

Ihr Brief an den Herrn Generalvikar wurde mir ohne Vermerk ins Postfach gelegt. Ich nahm an, dass ich Stellung nehmen sollte, und habe die Akteneinsicht befürwortet. Daraufhin musste ich dem Generalvikar die Akten bringen und hörte nichts mehr.

Als ich Post aus der Expeditur holte, sah ich Ihren Brief an Herrn Archivassessor Dr. C. S. adressiert. Da wusste ich, dass der Generalvikar mich liberalen Beamten ausschalten wollte und einen angepassten jungen Beamten beauftragte, der noch sehr ängstlich sein muss.

Da wusste ich, dass es so kommen muss.

Im Augenblick wird die Akte wohl noch sehr behütet. Wenn dann wieder Gras darüber gewachsen ist, weiß ich schon einen Weg, wie Sie zur Lektüre der Akte kommen können. Nach Basel komme ich jeden Monat. Vielleicht kommen Sie auch nach Freiburg.

In ein paar Stunden haben Sie die Akten durchgesehen. Die wichtigsten Schriftstücke haben Sie ohnehin in Kopie. Die Korrespondenz bitte nur über meine Privatadresse.

In zwei Jahren gehe ich mit 65 in den Ruhestand. Bis dahin möchte ich Ihnen noch zum Ziel verhelfen.
Mit guten Wünschen und freundlichen Grüßen
F. H.

Freiburg, den 8. Juli 1997

Sehr verehrte Frau Flubacher,
damit Sie wieder Nachricht von mir bekommen, will ich mich für Ihren Brief vom 1. Mai bedanken.

Sie haben überaus fleißig recherchiert und viel Material zusammengetragen.

In unseren Ortsakten, in denen A. S. Vikar oder Pfarrer war, ist zu seiner Biografie kaum etwas zu erfahren. Ich habe sie allerdings noch nicht alle durchgesehen.

Sie sollen auch Schönes in Ihrer Chronik vorweisen können. Deshalb habe ich Ihnen drei Urkunden aus den Akten kopiert.

Ein tüchtiger und beliebter Seelsorger wird er gewesen sein. Sein häufiger Stellenwechsel mag durch Denunziation bewirkt worden sein. Superfromme übertreiben dabei, was Wirtshausbesuch oder Frauen betrifft.

Da er vergleichsweise erst spät zum Priestertum kam, hätte ihm seine Triebhaftigkeit bewusst sein können.

Ein Beamter in unserem Haus beschäftigt sich mit seiner Honauer Heimat. Die beiden beiliegenden Schriften soll ich Ihnen schicken. Die Personalakte A. S. habe ich ihm in sein Büro ausgeliehen. Er schreibt gerade an einer Biografie A. S. Einen ersten Teil habe ich schon gelesen. Erst wenn er fertig ist, schicke ich Ihnen eine Kopie des Manuskripts.

Ihre Forschungsergebnisse habe ich ihm zur Verfügung gestellt.

Den Beamten will ich nicht in Erscheinung treten lassen. Er ist noch ein junger gehobener Beamter, der Schwierigkeiten bekommen könnte.

Ich bin ein alter Frontkämpfer, der in 15 Monaten in Ruhestand gehen muss mit 65. Ich fürchte den erzbischöflichen Scheiterhaufen nicht. Eher hat der Bischof Mores vor mir, weil der Archivar zu viel weiß.

Für heut wieder gute Wünsche und freundliche Grüße

Ihr F. H.

Freiburg, den 14. Oktober 1999

Liebe Frau Flubacher,
danke für Ihren Brief. Eine Mühe war der Besuch bei Ihnen nicht, sondern eine bereichernde Begegnung. Als Ruheständler und ehrsamer Müßiggänger hat man einerseits Zeit, andererseits spürt man, wie die Jahre weniger werden. Nach Basel komme ich ja jeden Monat. Nach Liestal ist es nur ein Katzensprung.

Am Sonntag, den 10. Oktober, habe ich zweimal an Sie gedacht beim Vorbeifahren an Liestal auf der Autobahn. Wir waren nach Burgdorf gefahren und dort an der Sondersiechenkapelle in die heilige Messe der Christkatholischen Kirche gegangen. Wir haben uns damit eine Exkommunikation zugezogen.

Mit dem Pfarrer, früher reformiert, bin ich schon 40 Jahre befreundet. So dauerhafte Freundschaften sind heute rar. Am Nachmittag waren wir bei schönem Wetter in der Heimat der Flückiger in Lünisberg.

Sie haben recht: Die Pfarrer und Lehrer hatten es auf den Dörfern nicht immer leicht. In der Einsamkeit verfielen sie dem Alkohol, der sie sexuell enthemmte. War die Haushälterin eine Verwandte, fiel ein sexuelles Verhältnis nicht auf. Heute machen die Pfarrgemeinderäte den Pfarrern das Leben schwer. Der erste Nekrolog, den ich von den 1999 verstorbenen Priestern schrieb, betraf so einen Fall. Der Pfarrer verschwand immer wieder spurlos, trieb sich im asozialen Milieu am Frankfurter Hauptbahnhof oder in München herum und endete mit Selbstmord.

Die »Curaarbeit« für die zweite Dienstprüfung ist nur handschriftlich bei der Personalakte. Sollte ich darankommen, werde ich sie Ihnen besorgen.

Für diesmal grüßt Sie herzlich

Ihr F. H.

Freiburg, den 11. September 2000

Liebe Frau Flubacher,
ich hoffe, Sie genießen das schöne Spätsommerwetter bei bester Gesundheit.
Wir haben morgen Abend Jahresversammlung der Freunde des Staatsarchivs Basel im Kunstmuseum Basel. Gerne hätte ich das mit einem Besuch bei Ihnen verbunden. Aber das Rheuma, das Anfang Monat das Regenwetter brachte, hat die Sonne noch nicht ganz geheilt. So wäre ich ein wenig lustiger Gast.
So schicke ich Ihnen die »Entchristlichung des weiblichen Geschlechts« mit der Post mit dem Wunsch angenehmer Lektüre. In welch geistiger Enge und Knebelung mussten die Menschen damals leben. Da möchte ich keinen Tag tauschen. Ich habe mir sowieso wieder eine Exkommunikation zugezogen, weil ich vor zwei Wochen bei meinem Freund Pfarrer F. in Olten die christkatholische Messe besuchte und kommunizierte. Und jetzt wieder das allerüberflüssigste Papier aus dem Vatikan über die einzig wahre Kirche, die die katholische ist. Dabei wollte Jesus überhaupt keine Kirche gründen. Das ist alles aus dem römischen Staatswesen erwachsen, nachdem die Kirche Staatskirche wurde.
Na, so ein erzbischöflicher Archivar und Ketzer.
Leben Sie wohl bis zu einem Wiedersehen
Ihr sehr ergebener

F. H.

PS! Da ich kein Büro mehr habe, musste ich das Schriftstück im Magazin herausreißen, weil ich den Faszikel nicht auf- und zubinden konnte. Die Beschädigung ist unbedeutend. Ihr Großvater wird mir den Diebstahl zu Gunsten seiner Enkelin verzeihen.

Honau (1882–1886)

Der Abschied von Waldau fiel dem frischgebackenen Pfarrer nicht leicht, vor allem weil Theresa und der kleine Franz, der nun die Schule besuchte, nicht mit ihm nach Honau zogen. Es hätte zu viel Verdacht aufkommen lassen, wenn eine Kleinfamilie ins Pfarrhaus eingezogen wäre. Zudem lebte dort bereits eine Haushälterin.

Es zeigte sich nun, wie nützlich das Haus war, das Anton und Theresa gemietet hatten. Nach dem Wegzug Antons von Waldau wurde es zum zweiten Wohnsitz von Theresa und ihrer Mutter Margaretha, die wegen ihrer angeschlagenen Gesundheit besonders froh war, sich in der Höhenluft erholen zu können. So wurde das Haus in Waldau zum Treffpunkt der nächsten Angehörigen – und auch zu einem kleinen Kindergarten. Theresas Schwestern Karolina, Anna und Juliana, die auch das angebliche Pflegekind, die kleine Dorothea, mitbrachte, kamen oft vorbei. Hin und wieder holte Theresa auch ihr in einer elsässischen Pflegefamilie untergebrachtes jüngstes Kind Rosa nach Waldau. Und auch Karolinas inzwischen dreizehn Jahre alter Sohn Josef verbrachte ein paar Ferientage bei Großmutter und Tante.

Anton ließ es sich nicht nehmen, so oft als möglich an seinen alten Wirkungsort zurückzugehen und sich dem trauten Kreis anzuschließen.

Mit der Zeit begann Anton dann auch, in Honau seiner Familie ein Nest zu bauen. Die bisherige Haushälterin hatte das Pfarrhaus verlassen, sodass Theresa die Lücke ausfüllen konnte. Einige Zeit später holte sie Franz zu sich. Josef, Karolinas Sohn, der in Bischofsheim die höhere Bürgerschule und später das Gymnasium in Offenburg besuchte, hielt sich in der Ferienzeit ebenfalls im Honauer Pfarrhaus auf. Auch Anna kam öfter vorbei.

Wie fast alle Pfarrhäuser verfügte auch jenes in Honau über einen Garten, ein Feld und kleine Stallungen für die Tierhaltung. Als ehemaliger Bauernsohn nutzte Pfarrer Anton Schreiber diese Möglichkeit zur Selbstversorgung nur zu gerne. Besondere Freude hatte er am Tabak, der unter seinen Händen außerordentlich gut gedieh. Außerdem war er auf Pferd und Kutsche angewiesen, weil zu seinen Aufgaben die Betreuung der Filialkirche in Rheinbischofsheim gehörte. Das Futter für die Tiere erwarb er sich an Versteigerungen, die jeweils direkt auf den Feldern abgehalten wurden.

Pfarrer Schreiber war erwartungsfroh in Honau empfangen worden. Seit sieben Jahren war die Pfarrei nicht besetzt, für die Seelsorge waren in dieser Zeit lediglich Pfarrverweser zuständig gewesen. Schon bald aber stieß der neue Pfarrer auf Missbehagen einiger Bewohner. Allerdings dauerte es drei Jahre, bis die Unzufriedenheit im Dorf offen zutage trat.

Mit einer Beschwerde richteten sich drei Gemeinderäte an das erzbischöfliche Ordinariat Freiburg:

»Es ist zu bedauern, das Betragen von Pfarrer Schreiber in solcher Weise zu schildern, besonders in einer Gegend, wo die ganze Umgebung protestantisch ist, ja

selbst bei anderen Confessionen hat er alle Achtung verloren. Wir wollen hier nur einige Punkte anführen. Am Tage vor dem Aschermittwoch ging er nach Bodersweier in das Gasthaus zum Ochsen, und spielte Karten bis morgens 4 Uhr, erst 5 Uhr kam er nach Honau. So war er auch schon öfters bis nach Mitternacht im Gasthaus zur Linde hier. Am 8. Februar bekam er Händel in genannter Wirtschaft mit Gemeinderat Gast, als dieser sich entfernte, so stritt er mit dem ledigen Burschen bis morgens 2 Uhr. Vom Jahr 1883 haben wir zu berichten, dass derselbe den Altar durch Erbrechen in der hl. Messe nach der Opferung verunreinigte. Um diesem nun vorzukommen, bleibt er, wenn er Katzenjammer hat, im Bette liegen und liest keine hl. Messe. Es heißt dann, er sei verreist. (…)

Zu allen seinen großen Fehlern möchte er noch recht viel Ehre haben, doch da, wo die Achtung auf solche Art verloren ging, wäre es erwünscht, denselben sobald wie möglich von hier zu entfernen, um dass die Ruhe wiederhergestellt wird. Nur durch demütige fromme Geistlichkeit kann unser Ort wieder in das alte Gleis gebracht werden.«

Ein anderer Kritiker schrieb: »*Pfarrer Schreiber ist ein Bauer, der lieber am frühen Morgen schon auf dem Feld herumspringt und zu den Pflanzen Jauche trägt, anstatt pünktlich die Messe zu lesen.*« Und die Haushälterin sei ein hochmütiges Weib, sie halte das Bauernvolk für dumm.

Der Dorfklatsch fand reichlich Nahrung. Besonders der Dorfschullehrer mischte dabei kräftig mit. Unter anderem kritisierte er, dass der Pfarrer so viel abwesend war. Er hätte so gern den Grund seiner häufigen Abwesenheit erfahren. Ging der Pfarrer anderweitig einem zusätzlichen Verdienst nach, oder lockte irgendwo ein Weibchen? Nichts ist ausgeschlossen, argwöhnte der Herr Lehrer. Mit der Zeit artete das Verhältnis zwischen den beiden zu einer regelrechten Feindschaft aus.

Auch die Anwesenheit des Knaben Josef – das mit Karolina gezeugte Kind – bildete ein Gesprächsthema. Wem gehört dieser Jüngling, wollte man wissen. Einige munkelten, Josef sei ein Sohn des Pfarrers. Das sei ja nur allzu offensichtlich, sei er doch dessen Ebenbild, sagten die Leute.

Als dann Josef ins Offenburger Gymnasium eintrat, dort ein Zimmer bezog und sich darum nicht mehr so oft im Pfarrhaus aufhielt, fiel den Leuten umso mehr die Anwesenheit von Franz auf. Der Bub hieß Franz Heitz und sagte zu Anton und Theresa Onkel und Tante. Dass die beiden seine Eltern waren, wusste er nicht. Genauso wenig ahnte er, dass der Josef, der nun studierte und um den sich Theresas Schwester, seine Tante Karolina, ganz besonders kümmerte, sein Halbbruder war. Er wusste auch nicht, dass es sich bei Dorothea, mit der Tante Juliana manchmal auf Besuch kam, und beim Rosmariele, das sie hin und wieder im Elsass besuchten, ebenfalls um seine Geschwister handelte.

Der kleine Franz bemerkte nicht, dass die Leute im Dorf an seiner Anwesenheit heftig Anstoß nahmen. Sie schimpften, der Bub sei frech und ungezogen. Er werde vom Pfarrer und von der Haushälterin wie ein Herrensöhnlein verwöhnt.

»Der Bub gibt nichts als Anstoß«, hieß es in einem anonymen Beschwerdebrief, der beim Ordinariat einging.

Pfarrer Lender, der Dekan des Landkapitels Ottersweier, wurde wegen der Beschwerden vom Ordinariat beauftragt, Zeugen einzuvernehmen. Ohne vorgeladen gewesen zu sein, erschienen zur Einvernahme auch der Bürgermeister, der Gemeinderechner, ein Gemeinderat und drei weitere Bürger von Honau. Sie stellten sich hinter den Pfarrer und gaben unaufgefordert ihren Protest gegen die erhobenen Anschuldigungen zu Protokoll. Dekan Lender berichtete darauf, dass die anonyme Beschwerde keine Beachtung verdiene, weil darin verleumderische Beschuldigungen aufgeführt seien. Der Knabe Franz sei bloß ein naher Verwandter des Pfarrers. Auch die drei Gemeinderäte, die sich über den Pfarrer beschwert hatten, seien keineswegs vorurteilsfreie Männer. Insbesondere Gemeinderat Merkel besuche äußerst selten das Gotteshaus und sei nicht einmal bereit, die Osterkommunion zu empfangen.

Pfarrer Schreiber hatte bei der Befragung nur sehr kurz und knapp geantwortet. Ein paar Tage später schrieb er einen Brief nach Freiburg, in dem er zu den Anschuldigungen nochmals Stellung nahm.

Er schrieb:

»1. Den Wirtshausbesuch in Bodersweier betreffend.
Am 17. März, das heißt am Fasnachtsdienstag, reiste ich zu Fuß von Honau nach Sasbach zu Herrn Dekan Lender. Auf meiner Heimreise verspätete ich den Eisenbahnzug, weshalb ich mit dem letzten Abendzug in Kork ankam, von wo ich über Bodersweier nach Honau noch einen Weg von zwei Stunden zu machen hatte. Weil am folgenden Tag Aschermittwoch war, musste ich unbedingt nach Hause. Ungefähr um 11 Uhr kam ich nach Bodersweier. Auf den Straßen war ein so

wüstes Toben und Lärmen, dass ich mich nicht getraute, weiterzugehen. Nun ging ich in das Gasthaus zum Ochsen, um dort bis gegen Morgen zu verweilen. Eine dort sich befindende geschlossene Gesellschaft von einigen mir gut bekannten gebildeten Männern lud mich freundlich ein, an ihrem Tisch Platz zu nehmen und so lange da zu bleiben, bis die Fasnachtsnarren sich verlaufen hätten und ich dann ohne Gefahr nach Hause könne. – Noch vor 12 Uhr stellte ich das Glas auf die Seite und sagte, dass ich von jetzt an nichts mehr trinke. Gegen Morgen ging ich dann nach Hause und habe den Aschermittwochsgottesdienst gehalten, ohne dass auch nur ein Mensch mir etwas anmerkte.

2. Den Wirtshausbesuch in Honau betreffend.

Seit ich in Honau bin, habe ich nur selten das Wirtshaus besucht, in 14 Tagen oder 3 Wochen kaum ein Mal. Und es war jedesmal in dem abgesonderten Bürgervereinslokal in Gesellschaft des Herrn Bürgermeisters und einiger anderer Herren. Diese Wirtshausbesuche geschahen durchaus nicht aus Genusssucht (ich bin kein Trinker und war niemals betrunken), sondern um für die immer wiederkehrenden leidigen Wahlen einigen Einfluss auf die Männer zu erlangen. – Bekanntlich sind auch, seit ich hier bin, die Wahlen hier außerordentlich gut ausgefallen; wie noch nie zuvor. Alle Wahlberechtigten kamen zu Wahl; alle wählten Schwarz; nur ein einziger (ein Protestant) wählte Rot, und ein anderer Protestant enthielt sich der Wahl.

Von der Kanzel aus konnte ich nicht für gute Wahlen arbeiten, und so blieb mir nichts anderes übrig, als in das Wirtshaus zu gehen. Bei besonderen Veranlassungen ließ ich mich leider zwei oder höchstens drei Mal verleiten, etwas länger, bis ungefähr 24 Uhr zu verweilen – allerdings im Bürgervereinslokal, wo unbeschränkte Polizeistunde bezirksamtlich bewilligt ist. Niemals habe ich nach 12 Uhr noch etwas getrunken.

3. Dass ich hier und in den umliegenden protestantischen Orten das Vertrauen und die Achtung verloren habe, ist eine boshafte Lüge, wie zu ersehen ist aus den beigefügten Zeugnissen.

Man ist hier und in der ganzen Umgebung allgemein sehr erbittert gegen die drei oder vier Männer, welche ganz grundlos aus persönlicher Gehässigkeit solche Anschuldigungen gegen mich vorgebracht haben. Der Hauptkläger ist in der ganzen Umgebung als bösartiger Wühler bekannt. Der zweite hat sich gegen alle früheren Geistlichen anstandslos grob benommen. Der dritte ist ein Mann, der das ganze Jahr keine Kirche besucht. Der religionslose Lehrer wird hinreichend bekannt sein.

Wenn hochwürdigstes Erzbischöfliches Ordinariat wünscht, dass ich die hiesige Pfarrei verlasse, so bin ich von Herzen gerne dazu bereit, wenn solches in einer Weise geschehen kann, dass ich dadurch an meiner Ehre keinen Nachteil erleide.

In tiefster Hochachtung und Unterwürfigkeit!
Anton Schreiber, Pfr.«

Dem Schreiben lagen Zeugnisse verschiedener Gremien und Personen bei sowie Erklärungen von verschiedenen Pfarrern und Lehrern der Umgebung und eine Unterschriftensammlung von fünfzig Honauer Bürgern. Darin hieß es: »*Die Unterzeichneten erklären hiermit, dass sie gegen das priesterliche Verhalten des Herrn Pfarrer Anton Schreiber keine Klagen haben, dass derselbe vielmehr ihr volles Vertrauen und alle Achtung genießt.*«

Nach der Zeugenbefragung kehrte nicht etwa Ruhe ein im Dorf, im Gegenteil. Vor allem zwischen dem Hauptlehrer und dem Pfarrer kam es zum offenen Streit. Zudem gingen weitere Beschwerden gegen Anton beim Ordinariat ein. In einer wurde beklagt, der Pfarrer habe unlautere Methoden angewandt, um zu den Unterschriften zu kommen. Er habe zuerst den Gemeinderechner beauftragt, Unterschriften zu sammeln. Weil nur etwa fünfzehn Stück eingegangen seien, habe er andere Leute beauftragt, und schließlich sei er selber von Haus zu Haus gegangen. Wo er nicht zum Ziel gekommen sei, habe er sich länger aufgehalten und »rührende Reden« geführt. Er habe zum Beispiel gesagt: »*Ich bin auch ein sündiger Mensch, ich sehe meine Fehler ein, ihr werdet mir doch verzeihen und ein wenig Barmherzigkeit für mich haben, ich will ja gerne fort von hier, aber ihr werdet doch nicht haben wollen, dass ich um mein Amt komme.*«

Die höchst gegensätzlichen Informationen veranlassten die Obrigkeit, Dekan Lender nochmals mit Nachforschungen zu beauftragen. Mit diesem hatte Pfarrer Schreiber im Übrigen Glück gehabt, war Lender doch ein guter Freund von Josef Bäder – Antons Beichtvater. Lenders Urteil fiel denn auch ziemlich vorteilhaft für ihn aus.

Er hielt fest, dass es sehr wünschenswert wäre, wenn Pfarrer Schreiber »*möglichst bald in andere Atmosphäre käme. Dessen Charakter hat offenbar sehr gelitten. Die Gefahr des Abfalls bei längerem Aufenthalte in der protestantischen Umgebung möchte nicht ausgeschlossen erscheinen. Eben deshalb möchte der Unterzeichnete darum bitten, die Sache auf sich beruhen zu lassen. Es dürfte genügen, Pfarrer Schreiber an das Verbot des Wirtshauses zu erinnern, sich aller Einmischung in Gemeindeangelegenheiten zu enthalten und sich eines versöhnlichen Verhaltens gegen seine Gegner zu befleißigen. Der Unterzeichnete hat demselben empfohlen, Exerzitien zu machen und sich auf eine neue Pfarrei zu bewerben.*«

Im Februar 1886 erhielt Anton Schreiber die Nachricht, dass er nach Wasenweiler am Kaiserstuhl versetzt werde.

7.

Mit der Zeit füllten sich meine Regale mit Büchern und Dokumenten. Unter anderem erhielt ich eine Abschrift des Lebenslaufs, den Anton Schreiber geschrieben und dem Gesuch um Aufnahme ins Konvikt beigelegt hatte. Darin beschrieb er ausführlich sein Leben bis zum 28. Lebensjahr. Damit bekam ich auf eindrückliche Art Kenntnis von seiner Jugendzeit. Aufgrund dieser Aufzeichnungen wurde mir auch klar, welche Gründe den Ausschlag gegeben hatten, dass Anton unbedingt Priester werden wollte.

Ich nahm zudem Kontakt auf mit dem Stadtgeschichtlichen Institut Bühl. Von dort erhielt ich mit viel Arbeit verbundene stammbaumartige Angaben über die mich interessierenden Personen und eine Einladung, selbst einmal in das Archiv zu kommen – was ich dann auch zweimal tat. Bei diesen Gelegenheiten kaufte ich mir alle Chroniken der Wohnorte meiner Vorfahren. Das sind ja nicht wenige. Anton Schreiber, dem mein Hauptaugenmerk galt, wurde spätestens nach drei Jahren jeweils an einen anderen Ort zwangsversetzt.

Im auf der Höhe liegenden Kloster, das eine meiner Großtanten zusammen mit dem damals in Neusatz wirkenden Pfarrer Josef Bäder mitbegründet hatte, erhielt ich ein dickes Buch. Es heißt »Ein Prophet des 19. Jahrhunderts«[4] und beschreibt das Leben eben

---

[4] *Stehle, Klemens, Ein Prophet des 19. Jahrhunderts, Selbstverlag Unita Bühl, Imprimatur: Freiburg im Breisgau, der Generalvikar Burger, 31. August 1949.*

dieses »heiligmäßigen« Pfarrers, wie die Leute ihn bezeichneten. Darin ist der damals in der Gegend überwiegend herrschende extrem katholische Zeitgeist beschrieben sowie der unerbittliche »Kulturkampf« zwischen Staat und Kirche. Das Buch wurde mir zu einer hilfreichen Quelle. Ich erhielt einen guten Einblick, wie die Fundamentalisten in jener Zeit dachten und handelten. Anton war ja in diesem Umfeld aufgewachsen. Seine Eltern waren Anhänger Bäders, und seine Schwester Bernarda war eine enge Vertraute. Unter seiner Führung und zusammen mit anderen Nonnen gründete sie 1855 das Kloster Neusatzeck. Bäder war schließlich auch Antons Beichtvater und hatte einen großen Einfluss auf ihn ausgeübt.

Wichtige Informationen über das Leben und Wirken von Anton Schreiber sammelte ich auch in den einzelnen Pfarreien. Man schickte mir die betreffenden Eintragungen in den Pfarreibüchern. Einige dieser Gemeinden habe ich auch persönlich besucht.

Am meisten Eindruck machte mir die Gemeinde Waldau, in der Anton von 1878 bis 1882 Pfarrverweser war. Ich weilte ein paar Tage dort in den Ferien und bekam die Gemeinde richtig gern.

Bei meinem Aufenthalt kam ich mit manchen Einwohnern ins Gespräch. Ein alter Mann beispielsweise konnte sich noch recht gut an das frühere Leben erinnern. Seine Schilderungen brachten mir den Alltag der Menschen näher. Ein Ehepaar berichtete einige Episoden über den Pfarrer Schreiber, die ihnen die Großmutter erzählt hatte. Deren Mann besaß damals nämlich Pferd und Wagen und nahm den Pfarrer öfter mit auf Touren. Die beiden seien manchmal bis nach Freiburg gefahren, wo Anton wegen des Kirchenumbaus zu verhandeln hatte. Öfter seien sie auch einfach nur in der Gegend rumgekutscht, von Wirtshaus zu Wirtshaus.

Von den Wirtsleuten bekam ich eine wunderbare Ortschronik zum Lesen. Diese gab mir gute Einblicke in die vergangene

Zeit. Auch die Erzählungen des Schriftstellers Anton Fendrich halfen, mir ein Bild zu machen. Fendrich erinnerte sich in eindrücklicher Weise an Ferien, die er mit seinen Eltern als zwölfjähriger Bub im Gasthaus unmittelbar neben dem Pfarrhaus verbracht hatte. In Waldau stieß ich auch auf einen Zeitungsartikel, der über den Kirchenumbau berichtete, der damals die Gemüter etwas erhitzte. Der Artikel erschien anlässlich des Fünfzig-Jahr-Jubiläums der Renovation. Geschrieben hat ihn ein Waldauer Bürger, der als Elfjähriger die Arbeiten verfolgt hatte.

Ich kann mich noch gut an den ersten Tag in Waldau erinnern, als ich das Gasthaus, in dem ich übernachtet hatte, verließ und die Kirche besuchte. Über dem Eingang stand in goldenen Lettern geschrieben: »In den Jahren 1881/82 hat Herr Pfarrverweser Anton Schreiber mit Gottes und guter Leute Hilf, diese Pfarrkirche vergrößert, den Turm erbauen lassen und ein neues Geläut angeschafft. Gott vergelt es ihm und allen Wohltätern.« Ich war sprachlos.

In Waldau wurde Anton zweimal Vater: Dorothea kam in Straßburg und Rosa in Mülhausen zur Welt. Von der Existenz dieser und seiner weiteren Kinder erfuhr die weitere Verwandtschaft erst, nachdem Pfarrer Schreiber gestorben war.

In der Gemeinde Rickenbach hat mir eine alte Frau das, laut Chronik, vom eifrigen Vikar Anton Schreiber initiierte Waisenhaus gezeigt, das er auf dem Gelände einer frisch zugezogenen Bauernfamilie erstellen ließ. In diesem Zusammenhang erzählte mir die Frau die rätselhafte Geschichte vom verschwundenen Sohn Jakob Huber, die sie von ihren Eltern gehört hatte und die ich weiter vorn wiedergegeben habe (siehe Seite 50). Jakob galt in Rickenbach als verschollen. Nach einer Prozession am Jakobstag sei er nicht nach Hause gekommen. In Wirklichkeit kam er aber bei einem Streit mit seinen Brüdern ums Leben, da er sich nicht an das Gelübde, ledig zu bleiben, halten wollte.

Es ist naheliegend, dass die Brüder ihre Schuld am Tod von Jakob gebeichtet hatten. Und der Pfarrer schlug ihnen dann als Sühne den Bau eines Waisenhauses vor. Die Familie stellte dafür ein Grundstück zur Verfügung und spendete auch Geld. Laut Chronik vermachten die Geschwister Huber ihren ganzen Besitz testamentarisch dem neu erbauten Waisenhaus. Es ist rätselhaft, wieso in der Gemeinde, in die die Huber-Familie nach Jakobs Tod gezogen ist, die Meinung herrschte, Jakob sei verschollen.

Was in den Pfarreien Honau und Wasenweiler so alles passiert ist, weiß ich aus einer Biografie Anton Schreibers, die ein Beamter im Auftrag des Archivars verfasst hatte.

Wasenweiler (1886–1889)

Mit der Zuweisung der Pfarrei Wasenweiler hatte Anton wieder einmal Glück. Es sah ganz so aus, als habe an zuständiger Stelle eine ihm freundlich gesinnte Person Einfluss genommen.

Das im Breisgau liegende Dorf, dessen Pfarrei Anton nun zur Betreuung erhalten hatte, ist eine Ortschaft mit vielen Vorzügen. Es wird behauptet, dass es keine Gegend in Deutschland auf eine derart hohe jährliche Durchschnittstemperatur und mehr Sonnenstrahlen bringt. Diese günstigen Klimabedingungen erlaubten eine rentable landwirtschaftliche Nutzung. Man pflanzte schon immer viel Gemüse, Obst, Reben und auch Tabak. Auch landschaftlich hat dieses Gebiet viel zu bieten. Nach Norden hin erstreckt sich die Ortenau, nach Süden das Markgräflerland mit seinen schönen Städten und Dörfern. Im Westen präsentiert sich in reizvoller Lage auf einem Ausläufer des Kaiserstuhls das hübsche Städtchen Breisach, und im Norden liegt im Vorland des Schwarzwaldes die schöne Stadt Freiburg.

Anton erschien an seinem neuen Wirkungskreis nicht mit Theresa. Sie war ins Haus nach Waldau gezogen, um sich dort in Ruhe den Kindern widmen zu können. Als Haushälterin konnte Pfarrer Schreiber die 23-jährige Priska gewinnen, eine strenggläubige Katholikin, die als Kind der Lehrersfamilie Notter in Wittichen zu ihm in den Religionsunterricht gekommen war. Sie blieb allerdings nicht lange. Bereits Ende August trennte sich Priska wieder von ihm. Darauf kam Nichte Anna, die bisher stets als Aushilfe eingesprungen war. Nun konnte sie allein die Führung des Pfarrhaushaltes übernehmen und dem Herrn Pfarrer zu Diensten stehen.

Immer wieder zog es Anton weg auf Reisen. Meistens ging er in die nahe Umgebung. Gelegentlich legte er auch weitere Strecken zurück. Im Sommer des Jahres 1886 etwa machte er Heidelberg seine Aufwartung. Dort feierte man das 500-Jahr-Jubiläum der Universitätsstadt.

Noch im selben Jahr zog es ihn sogar nach Hamburg. Er hatte so einiges in den Zeitungen lesen können. Hier gab es den ersten Fernsprecher Deutschlands und den ersten Paternoster des Kontinentes. Sein Interesse galt aber vor allem den großen baulichen Veränderungen, eine Folge des von Reichskanzler Bismarck angestrebten Zollanschlusses. Viele alte Gebäude wurden abgerissen. Eine neue Stadt entstand; ein Jahrhundertbauwerk. Und Pfarrer Schreiber, schon immer fasziniert von kirchlicher wie weltlicher Architektur, ließ es sich nicht nehmen, dorthin zu gehen.

Es war nur wenig Zeit seit Annas Einzug im Pfarrhaus verstrichen, da musste sie Anton mitteilen, dass sie ein Kind von ihm erwarte. Noch vor Weihnachten, bevor der Bauch erkennbar wurde, verließ sie das Pfarrhaus. Mit Hilfe der alten Bekannten in Straßburg mietete Anton für Anna ein Zimmer mit Kochgelegenheit. Bei einer wohlhabenden frommen Familie half sie bis zur Geburt im Haushalt aus und betreute die Kinder.

Annas Kind starb bei der Geburt. Eine Rückkehr zu Anton kam für sie nicht mehr in Frage, zumal inzwischen ihre Schwester Theresa wieder seinen Haushalt führte. Sie kehrte ins Elternhaus zu ihren Angehörigen zurück und übernahm später eine Haushaltstelle in Karlsuhe, wo sie sich dann verheiratete.

Auch Theresa kam prompt wieder in andere Umstände. Nun, wo Franz 11 Jahre alt war, Dorothea 8 und Rosa 6, kündigte sich also das nächste Kind an. In einer normalen Ehe wären viele Kinder für sie kein Problem, vielmehr ein Glück gewesen. Aber so, wie sie lebte?

Was tun?

Weinen, Beten und Wallfahren. Lieber ein Kind auf dem Kissen als eines auf dem Gewissen, sagte sie und fügte sich.

Es würde schon irgendwie gehen.

Was auch immer Theresa ertragen musste, mit Gott haderte sie nie. Sie glaubte immer an seine Existenz und an seine Güte. Und sie war zutiefst der katholischen Kirche verbunden. Sie konnte nicht verstehen, dass Anton hin und wieder mit dem Gedanken spielte, zu den Protestanten oder zu den Altkatholiken überzutreten. In Glaubensfragen hatte Theresa oft eine andere, strengere Meinung als Anton. Einmal hatte sie einen heftigen Streit mit ihm, als sie bemerkte, dass er das Buch »Das Leben Jesu« von David Strauß las. Was hatten die Gotteslästerungen dieses Mannes, über den sich die ganze Christenheit aufregte, einen katholischen Pfarrer zu interessieren? Theresa konnte sich noch gut erinnern, was Jahre zuvor der Pfarrer in der Christenlehre erzählt hatte. Ein Ketzer sei Strauß! Theresa hatte mitbekommen, wie Strauß in der Schweiz unter die Räder kam. Als er von der Universität Zürich für den Lehrstuhl für Dogmatik und Kirchengeschichte gewählt wurde, musste die Wahl im letzten Moment wieder rückgängig gemacht werden. Viele Zürcher Christen protestierten heftig. In ihren Augen war dieser Doktor aus Deutschland eine Teufelsgestalt. Hatte er doch dieses lästerliche Buch geschrieben, in dem er behauptete, Christus sei in Wahrheit gar nicht Gottes Sohn, sondern nur ein großer Mensch gewesen, dessen Schicksal man im Nachhinein ins Mythische verklärt habe.

Wie hatte sich Theresa gefreut, als sie erfahren hatte, was die Schweizer von Strauß hielten.

Zu ihrem Bedauern reagierten in Deutschland nicht alle Christen so vehement ablehnend. Viele Menschen ließen sich von Strauß beeinflussen, zumal er mit seiner Glaubenshaltung nicht allein war. Auffallend viele Philosophen brachten in dieser Zeit Schriften heraus, die ebenfalls gewisse Zweifel an der Wahrheit der Bibel enthielten. So mancher junge Student schloss sich diesem Zeitgeist an.

Wie schon vor sechs Jahren, als Theresa ihr viertes Kind erwartet hatte, stand für sie fest, dass sie auch diesmal nicht in der Straßburger Klinik gebären wollte. All die gefälschten Geburtsurkunden, die Komplikationen und Probleme waren ihr lästig.

Zunächst suchte sie in der Nähe von Mülhausen einen Pflegeplatz für das kommende Kind. Dann mietete sie dort für die Monate Juli und August eine kleine Wohnung, in die sie dann zusammen mit ihrem Kind Rosa einzog. Den Franz ließ sie bei ihrer in Waldau wohnenden Mutter.

Am 25. Juli 1887 kam in Mülhausen ein winziges, zartes Mädchen auf die Welt, das die Hebamme am andern Tag auf dem Standesamt mit dem Namen Magdalena als Kind der unverheirateten Theresa Scherer eintragen ließ. In den Geburtsregistern im Elsass waren somit auf ihren Namen zwei uneheliche Kinder eingetragen. Innerhalb von Theresas Verwandten- und Bekanntenkreis gab es damals nur Vermutungen über diese Geburten. Genaues wussten nur Theresa, Anton und die jeweils anwesenden Hebammen.

Etwa eine Woche nach der Geburt von Magdalena verließ Theresa Mülhausen. Sie gab dort an, dass sie mit Rosa und dem Neugeborenen an ihren Wohnort nach Waldau zurückgehen werde. Das tat sie aber nicht. Sie brachte die kleine Magdalena an den mit einer gewissen Frau Probst vereinbarten Pflegeplatz in Mülhausen.

Bevor Theresa die Arbeit im Pfarrhaus wieder aufnahm, ging sie nach Waldau, wo sich ihre Mutter und Franz aufhielten. Einige Tage später kehrte sie mit Franz nach Wasenweiler zurück. Um nicht mit zwei Kindern aufzufallen, brachte sie Rosa in ein nahe gelegenes Kinderheim. Dort holte sie das Kind dann so oft wie möglich für einige Stunden zu sich ins Pfarrhaus.

Seit den vielen Beschwerden und Streitereien in Honau und den zahlreichen Anzeigen an das Ordinariat in Freiburg musste

Anton dauernd mit der Kontrolle seitens der kirchlichen Obrigkeit rechnen.

Theresa wiederum machte sich Sorgen um ihre Kinder. Vor allem der Kummer um die beiden in Pflege gegebenen kleinen Kinder, um die sie sich nicht genügend kümmern konnte, nagte schwer an ihr. Um Magdalenas Gesundheit stand es nicht zum Besten.

Unter dem Vorwand, sie könne das monatliche Pflegegeld von 20 Mark nicht mehr bezahlen, kündigte sie den Pflegeplatz. Obwohl sich die Familie bereit erklärte, das Kind auch für 10 Mark zu verpflegen, holte Anton das Kind alsbald ab und brachte es in das Kinderheim, in dem auch Rosa lebte. Dabei beging er einen Fehler, der eine Lawine von Nachforschungen zur Folge hatte.

Um die Herkunft des Kindes zu vertuschen, machte Pfarrer Schreiber falsche Angaben. Er sagte, das Kind heiße Frieda und sei am 25. Juli 1887 in Ihringen geboren und in Wasenweiler katholisch getauft worden. Als dessen Eltern nannte er Joseph Hensler und Karolina Hummel.

Das Einzige, was der Wahrheit entsprach, war das Geburtsdatum.

Da der Sekretär des Armenrates auf dem Vorlegen eines Taufscheines bestand, kam einen Monat später heraus, dass dieses Kind weder in Ihringen geboren noch in Wasenweiler getauft worden war und dass es auch nicht Frieda Hensler hieß. Es hieß in Wirklichkeit Magdalena Scherer und hatte in Mülhausen das Licht der Welt erblickt. Als Mutter gab Anton Schreiber nun notgedrungen Theresa Scherer an, die sich jedoch, wie er sagte, an einem unbekannten Ort aufhalte.

Die Oberin des Kinderheimes informierte daraufhin den Freiburger Münsterpfarrer, Domkapitular Kiefer. Sie gab an, dass sie und der Sekretär des Heimes den Verdacht hätten, dass Pfarrer Schreiber der Vater des Kindes sei. Ferner teilte sie mit, dass Theresa Scherer, die Haushälterin und Nichte des Pfarrers, schon mehrmals persönlich ein größeres Kind stundenweise in die Anstalt gebracht habe und deshalb ihrer Meinung nach wohl kaum unbekannt abwesend sein konnte. Da dem Münsterpfarrer bekannt war, dass der sittliche Wandel des Wasenweiler Pfarrers schon früher zu wünschen übrig gelassen hatte, informierte er das Ordinariat über diesen Sachverhalt.

Dieses bat dann den Generalvikar des Bistums Straßburg, in Mülhausen Nachforschungen über die fragliche Geburt und alle damit zusammenhängenden Fragen anstellen zu lassen, also: Wer bezahlte Unterkunft und Entbindung, war Pfarrer Schreiber zu dieser Zeit in Mülhausen? Und so weiter. Hierbei kam heraus, dass Theresa Scherer bereits sechs Jahre zuvor in Rixheim ein Kind geboren hatte. Es handelte sich dabei um das 1881 geborene Kind Rosa. Seltsam erschien, dass die Geburtsurkunde in Mülhausen ausgestellt wurde und der Name der Hebamme nicht identisch war mit der später befragten Hebamme aus Mülhausen.

Daraufhin wurde Pfarrer Schreiber vom Erzbischöflichen Assessor Vögelin vernommen. Als ihm dieser vor Beginn des Verhörs ins Gewissen sprach, zog er sich in eine Ecke des Zimmers zurück und machte einen schüchternen Eindruck und hatte ein bleiches Aussehen. Er schien zu zittern.

Während des Verhörs gestand dann Anton die Niederkunft seiner Haushälterin ein, bestritt aber, dass er der Kindsvater sei.

Es folgten weitere Verhöre, in denen sich Anton in große Widersprüche verwickelte. Mehr oder weniger belanglose Vorkommnisse gestand er reumütig ein. Hingegen dort, wo es für ihn im Hinblick auf eine Verurteilung gefährlich wurde, stritt er entweder alles ab oder er verteidigte sich mit Ausreden. Das Verleugnen von Tatsachen war ihm sowieso längst zur Gewohnheit geworden und hatte sich auf seinen Charakter ausgewirkt.

Er sagte zum Beispiel: »*Ich kann nicht behaupten, dass ich während der langen Zeit der Aufnahme meiner Nichte Theresa in keiner Weise mit ihr gefehlt habe. Es kann möglich sein, dass ich mich sittlich mit ihr vergangen habe.*« Und kurz darauf fügte er an: »*Man kann aus all diesen Tatsachen die Vermutung haben, dass ich mich mit meiner Nichte Theresa Scherer sittlich vergangen habe. Eine wirklich unsittliche Tat mit derselben begangen zu haben, stelle ich aber in Abrede.*«

Auf den Widerspruch angesprochen, gab er zu Protokoll: »*Ich glaube, dass die Möglichkeit noch keine Wirklichkeit ist. Ich habe mich stets befleißigt, durch mein äußeres Benehmen gegen meine Nichte Scherer den Schein zu vermeiden, also ob ich in sittlich unerlaubter Beziehung zu ihr stehe. Und unser gegenseitiges Benehmen hat kein Ärgernis erregt. Ich bereue von Herzen alles, was ich gefehlt habe, und bin ernstlich entschlossen, in Zukunft mit allem Eifer meine priesterlichen Pflichten zu erfüllen, und bitte um gnädige Behandlung.*«

Auch Theresa musste sich einem Verhör unterziehen. Die Geburten der beiden Kinder im Jahre 1881 und 1887 gab sie ohne Weiteres zu. Die Vorhaltungen, noch weitere Kinder geboren zu haben, wies sie jedoch zurück. Sie wusste genau, dass man ihr dies nicht beweisen konnte.

Die von Anton Schreiber angegebenen Namen der Väter ihrer Kinder stellte sie in Abrede. Hingegen bestätigte sie seine Aussage, dass sie ihm gegenüber geäußert habe, lieber auszuwandern, als zwecks Anerkennung der Vaterschaft vor Gericht zu gehen. Und sie fügte an: »*Ich bitte, keine Untersuchung darüber anzustellen, ob die genannten Männer mich geschwängert haben. Ohnehin ist für die Verpflegung von Magdalena nicht mehr aufzukommen, da sie inzwischen im Kinderheim gestorben ist. Ich fürchte, dass bei einer gerichtlichen Verhandlung meine Ehre besonders in meiner Heimat geschädigt wird.*«

Den Aussagen von Theresa waren anzumerken, dass sie vorbereitet war und dass sie den Pfarrer schützen wollte. Nicht nur, dass sie den geschlechtlichen Umgang mit ihm abstritt, sie verwendete überdies Formulierungen, die auf juristischen Sachverstand schließen ließen. So antwortete sie auf den Verdacht des unzüchtigen Umgangs mit ihrem Onkel wie folgt: »*Ich kann nicht ja und nicht nein sagen, es kann uns niemand beweisen, dass wir, Pfarrer Schreiber und ich, uns geschlechtlich vergangen haben, ich überlasse es dem Urteil des Gerichts, ob die mir vorgehaltenen Verdachtsgründe, wozu ich, wie erwähnt, weder ja noch nein sage, unsere Schuld zu beweisen geeignet sind.*«

Die Kirchenbehörde gab nicht auf. Unzählige weitere Befragungen folgten. So mussten in allen Pfarreien, in denen Anton Schreiber bisher tätig gewesen war, die dortigen Pfarrherren nochmals Nachforschungen anstellen. Manche Vorkommnisse und Beobachtungen, die man damals dem Vikar oder Pfarrer zuliebe diskret verschwiegen hatte, kamen nun nach Jahren zur Sprache.

Auch Anton Schreiber gab nicht auf.

Er wollte Pfarrer bleiben, und zwar ein Pfarrer der katholischen Kirche.

Und er wollte Theresa weiterhin bei sich haben.

Nachdem man ihm verboten hatte, seine Nichte Theresa im Pfarrhaus wohnen zu lassen, meldete sich diese ab. Auf Antons Bitten und Drängen hin kam sie dann aber einige Tage später wieder zurück und führte wie vorher den Haushalt. Laut einer Aussage eines Pfarreimitgliedes nahm sie auch wie früher an den Gottesdiensten teil.

Für eine Trennung sorgte dann das offizielle, erzbischöfliche Verbot. Im Urteil, das am 3. Januar 1889 gefällt wurde, hieß es, dass Anton Schreiber wegen Vergewaltigung, Inzest und verbotener Wiederaufnahme einer gefallenen Person von der Pfarrpfründe Wasenweiler enthoben und zur Teilnahme an den Priesterexerzitien verurteilt werde. Bei Rückfall in Sittlichkeitsvergehen beziehungsweise bei erneuter Kontaktaufnahme zu seiner Nichte werde er für »incorrigibel« erklärt und »deponiert«, drohte man ihm an. Das heißt: Er wäre in das kirchliche Zuchthaus, Schloss Weiterdingen, eingeliefert worden und definitiv von der Amtsausübung suspendiert worden. Er hätte zwar keinen kirchlichen Dienst versehen können, wäre aber weiterhin zum Zölibat, Tragen geistlicher Kleider und so weiter verpflichtet gewesen.

Anton legte gegen das Urteil Berufung ein. Er bestritt nochmals, dass er der Vater der Kinder von Theresa sei. Und er stellte vor allem die Gerechtigkeit des Urteils in Frage. In seiner Appellationsschrift behauptete er, die im Protokoll aufgeführten

Angaben entsprächen nicht den Tatsachen und seine Aussagen während des Verhörs seien falsch wiedergegeben worden.

Die vehementen Angriffe des Pfarrers gegen die Kirchenbehörden nützten nichts. Die Revisionsinstanz fasste vielmehr die Anschuldigungen, es sei in der Sache nicht mit rechten Dingen zugegangen, als Beleidigung auf. Der Rottenburger Bischof bestätigte das Urteil der ersten Instanz und erteilte Anton Schreiber wegen der gemachten Äußerungen einen Verweis und auferlegte ihm eine Geldstrafe in der Höhe von 20 Mark.

Bereits vor der Zustellung des Urteils des Bischofs schrieb Anton an das erzbischöfliche Ordinariat in Freiburg und stellte ein Gesuch um Absenzbewilligung. Damit hoffte er, die Pfarrei Wasenweiler aufgeben zu können, ohne dass die Gründe dafür im Dorf bekannt wurden. Und er bat, dass man ihm eine andere Pfarrverwaltung übertrage.

Nachdem Pfarrer Schreiber das Urteil des Rottenburger Bischofs erhalten hatte, schrieb er erneut einen Brief an das Ordinariat. Darin bat er nochmals eindringlich um Rücksichtnahme. Er stellte sich, wie schon nach seiner Verurteilung in Rickenbach, als unschuldiges Opfer von Verleumdungen hin und brachte Wünsche an:

»Das Urteil des Hochw. Officialats Freiburg wurde durch die kirchlichen Richter II. Instanz bestätigt. Dasselbe stützt sich wie jenes lediglich auf Indizien, die zum Teil allerdings so gravierend sein müssen, dass an meiner Schuld kaum gezweifelt werden kann. Und gleichwohl bin ich nicht der Vater fraglicher Kinder, selbst wenn und obgleich meine Nichte, welche die eventuelle Tragweite ihrer Worte nicht erwog, Dritten gegenüber mich als den Vater bezeichnet haben sollte, um sich in

deren Augen von dem Verdachte, eine schlechte verkommene Dirne zu sein, reinzuwaschen. Das haben schon viele Frauenpersonen aus begreiflichem Ehrgefühl in ähnlicher Lage getan. Auch gegen das zweitinstanzliche Urteil zu appellieren, hätte ich Gründe und Beweismittel genug, und ich glaube, dass ich schließlich noch freigesprochen würde. Indessen habe ich mich, wenngleich mit großer Selbstüberwindung, entschlossen, mich dem Verhängnis mit Demut zu unterwerfen. Namentlich bestimmt mich dazu zunächst die Befürchtung, meine äußere Ehre und Reputation könnten durch weitere Untersuchungen und Erhebungen, besonders wenn noch weltliche Polizeiorgane und Behörden beigezogen würden, vor der Welt noch empfindlicheren Schaden leiden, als es leider schon geschehen ist – sodann aber auch die Rücksicht auf meine Gesundheit und Berufspflichten, auf welche die Aufregungen der Untersuchung so sehr schädigend eingewirkt haben. In Gottes Namen also füge ich mich in mein trauriges Schicksal und verzichte auf weiteren Instanzenzug.

Dagegen wage ich hohe Kirchenbehörde ehrerbietigst zu bitten, Hochdieselbe wolle hochgeneigtest folgende Wünsche in den Bereich der entscheidenden Erwägungen ziehen:

1. Als 54-jähriger Priester würde ich vor Scham vergehen, wenn meine Entfernung von hier ausdrücklich auf Grund des Urteils hin ausgesprochen würde. Ich könnte solches nicht ertragen. – Meine Gemeinde liebt und achtet mich, und ebenso möchte ich vor dem Klerus der Erzdiözese nicht amtlich diffamiert werden.

Ich bitte daher inständig, mich hochgefälligst in der Form einer Absenzbewilligung zu versetzen und diese Form auch im ›Anzeigeblatt‹ anwenden zu lassen.

2. Die schweren materiellen Nachteile, die mir aus der Sache erwachsen, lassen mich die weitere gehorsamste Bitte aussprechen – Hohe Kirchenbehörde wolle gütigst mir eine einträgliche Pfarrverwaltung übertragen, auch wenn viel Arbeit damit verbunden ist – vielleicht die Mitverwaltung einer benachbarten Pfarrei. Ich kann noch und will gerne alle meine Kraft und Zeit dem Berufe widmen.

3. Ich erlaube mir das dringende Ersuchen zu stellen, Hochwürdigstes Ordinariat möge meine Versetzung bis Anfang oder Mitte Oktober verschieben. Ich habe viel Tabak angepflanzt, der im September erst eingeheimst werden kann und auch in der ersten Zeit der Hänge sorgfältiger Behandlung bedarf. Ich würde sehr geschädigt, wenn ich früher wegziehen müsste, namentlich wenn ich nicht in entsprechender Nähe angestellt werden könnte.

Schließlich möge Hohe Kirchenbehörde die Versicherung entgegennehmen, dass ich trotz dem bitteren Geschick, das über mich gekommen, nicht aufhören werde, wie bisher nach Kräften meinen Berufspflichten nachzukommen, mag es sein wo immer, und ich bitte Hochdieselbe, mir das so nötige Vertrauen nicht ganz entziehen zu wollen.«

Es geschah, was bisher immer geschehen war: Pfarrer Schreiber erfuhr im entscheidenden Moment ein großzügiges Entgegenkommen von höchster Stelle. Das heißt, man ließ Gnade walten und zählte auf die Versicherung, dass Pfarrer Schreiber seinen Pflichten künftig treu nachkommen werde. Überdies erklärte man sich sogar bereit, die Geschehnisse geheim zu halten. In ihrem Schreiben beteuerte die kirchliche Obrigkeit: »*Wir werden den Grund der Versetzung auf Ihrem künftigen Dienstposten nicht bekannt geben und auch den Dekanaten über den Charakter Ihrer Versetzung keine Mitteilung machen.*«

Man übergab Anton Schreiber die Verwaltung der Pfarrei und Kaplanei Untermettingen, einer kleinen Gemeinde im Bezirk Waldshut – nicht außer Reichweite seines Tabaks, aber auch nicht bequem nahe. Rund zwei Stunden dauerte die Zugfahrt.

8.

Nachdem ich durch meine Nachforschungen so viele erschütternde Tatsachen erfahren hatte, fragte ich mich, ob ich diese unglaubliche Familiengeschichte erzählen oder ob ich aus Pietät und Rücksicht auf die Empfindungen meiner Enkelkinder besser davon absehen sollte. Ich dachte an den Spruch: »Ist endlich Gras über eine Geschichte gewachsen, kommt irgendwann ein Kamel daher und frisst es wieder weg.«

Als ich meiner Enkelin meinen Zwiespalt schilderte und sie nach ihrer Meinung fragte, gab sie mir die Antwort: »Passiert ist passiert, damit muss man fertig werden. Ich glaube, dass wir deine Erzählungen aus der Familie gut verkraften werden. Es ist ja auch nicht von Mord die Rede; ganz im Gegenteil. Und sowieso: All diese Dinge gehören schließlich längst der Vergangenheit an. Mehr Mühe bereitet da schon die Gegenwart. Aber auch mit dem, was täglich in der ganzen Welt geschieht, müssen wir und auch die direkt Betroffenen letzten Endes fertig werden. Das war seit allen Zeiten so und wird immer so bleiben. Vieles, was auf der Welt passiert, müssen wir einfach hinnehmen. Es gibt für die einzelnen Menschen oft nur sehr, sehr wenig, meistens überhaupt keine Möglichkeiten, etwas daran zu ändern.«

Ich bin froh über die weise Haltung meiner Enkelin. Damit waren auch meine Bedenken zerstreut, ob ich die Geschichte meines Großvaters wirklich veröffentlichen sollte; zumindest fürs Erste.

Da ich indes nicht wusste, ob alle in meiner Verwandtschaft so großzügig denken wie meine Enkelin, habe ich aus Rücksicht die Namen der im Buch vorkommenden Personen geändert.

Untermettingen (1889–1890)
An dem Morgen, als der Briefträger vor dem Pfarrhaus in Wasenweiler nach Anton Ausschau hielt, um sich von ihm verabschieden und ihm alles Gute wünschen zu können, saß dieser bereits im Zug in Richtung Basel. Der Abschied von Wasenweiler war ihm schwergefallen.

»Eine merkwürdige Zeit, diese Achtzigerjahre«, dachte Anton und schaute zerstreut durchs Zugfenster. Es verging kaum ein Tag, an dem die Zeitungen nicht von der Erkrankung oder vom Tod berühmter Menschen berichteten. Fernab, in den Hochalpen, glitt Friedrich Nietzsche, ebenso unbeachtet wie der spröde Stein, in den Wahnsinn über. Hintereinander starben bedeutende Vertreter der idealistischen Weltanschauung dahin, gleichsam als ob sie keinen Sauerstoff mehr fänden in der beklemmenden Luft: Wagner, Liszt, Gobineau, Carlyle, Emerson – alle waren innerhalb weniger Jahre gestorben.

In diese Zeit fiel auch der Tod des von Anton geliebten Schriftstellers Joseph Viktor von Scheffel, des berühmten Naturforschers Darwin, des Sozialisten Karl Marx und des deutschen Kaisers Wilhelm I. Im Jahre 1886 kam der Bayernkönig Ludwig im Starnberger See auf tragische und nie ganz geklärte Weise ums Leben. Und im Februar 1888 erhielten der Großherzog und die Großherzogin von Baden die Nachricht vom Tod ihres 23-jährigen Sohnes.

Was Anton darüber in den Zeitungen las oder von Leuten vernahm, ließ seine Unannehmlichkeiten im Vergleich klein erscheinen. Zum Beispiel, dass Theresa erneut nach Waldau gezogen war, wo sich auch ihre Mutter wegen der Atembeschwerden den größten Teil des Jahres aufhielt. So konnte sie die Kinder betreuen, während Theresa an gewissen Tagen in einem nahe gelegenen Gasthaus als Köchin arbeitete.

Das Verbot, Theresa in seinem Haushalt bei sich haben zu dürfen, bedeutete einen unangenehmen Eingriff in Antons Leben. Das Wissen, dass Theresa und die Kinder nun in Waldau wohnten, beruhigte ihn jedoch. Obwohl ihm eigentlich jeglicher Kontakt mit Theresa verboten war, wusste er, dass er sich daran nicht halten würde. Durch heimliche Besuche würde er auch in Zukunft die Verbindung zu Theresa und seinen Kindern aufrechterhalten.

Mit der Versetzung in eine weit entfernte Gemeinde wurden die Möglichkeiten, Theresa und ihre Kinder hin und wieder zu besuchen, dann doch sehr klein.

Hinzu kam, dass in der Zeit der laufenden Untersuchungen in der Erzdiözese in Freiburg eine seltsame anonyme Anzeige eingetroffen war. In diesem Schreiben wurde vermeldet, dass Theresa in den Jahren 1873 und 1881 zwei Kinder geboren habe und dass er deren Vater sei. Anton rätselte, wer wohl der Absender sein könnte.

Während Anton seinen trüben Gedanken nachhing, fuhr der Zug in Basel ein. Schon bei der Abreise hatte er sich vorgenommen, im Badischen Bahnhof seine Koffer einzustellen und den Zwischenhalt für einen Besuch der schönen Stadt zu nutzen, die Anton liebte. Viele Erinnerungen verbanden ihn mit Basel.

Anton versuchte nun dezidiert, die Erlebnisse der letzten Zeit zu verdrängen und wieder zur Ruhe zu kommen. Am Basler Rheinufer, in der Altstadt und vor allem im ehrwürdigen Münster würde er sie vielleicht finden. Bevor Anton dann am späten Nachmittag die Stadt verließ, kaufte er sich in einer Buchhandlung Lesestoff für die Fahrt zu seinem neuen Wirkungsort am Oberrhein und für die kommende Zeit. Schon seit Langem interessierten ihn neben den deutschen Klassikern auch die Werke der Schweizer Schriftsteller Jeremias Gotthelf, Gottfried Keller und Conrad Ferdinand Meyer. Auch die philosophischen Schriften des Schriftstellers und Professors am Pädagogikum, Jakob Burckhardt, wollte er lesen.

Jetzt leistete sich Anton diese Bücher. Da er die Gegend dem Oberrhein entlang in Richtung Singen von früher her bereits kannte und nicht schon wieder in trübseliges Sinnieren verfallen wollte, nahm er, gleich nachdem er sich im Zug niedergelassen hatte, einen der erstandenen Bände in Angriff. Gleich am Anfang stand ein Gedicht von Conrad Ferdinand Meyer, das ziemlich gut zu seinem Charakter passte:

Fülle
Genug ist nicht genug! Gepriesen werde
Der Herbst! Kein Ast, der seiner Frucht entbehrte!
Tief beugt sich mancher allzu reich beschwerte,
Der Apfel fällt mit dumpfem Laut zur Erde.

Genug ist nicht genug! Es lacht im Laube!
Die saft'ge Pfirsche winkt dem durst'gen Munde!
Die trunknen Wespen summen in die Runde:
»Genug ist nicht genug!« um eine Traube.

Genug ist nicht genug! Mit vollen Zügen
Schlürft Dichtergeist am Borne des Genusses,
Das Herz, auch es bedarf des Überflusses,
Genug kann nie und nimmermehr genügen!

Ja, das war sein Problem. Auch ihm war »genug nie genug«. Alles, alles, alles, was das Leben zu bieten hatte, wollte er genießen. Er war lebenshungrig. Dabei verlangte man gerade von einem Priester Genügsamkeit und Verzicht. Alle, die Anton kannten, wussten, dass er diese Tugenden nicht hatte und, so schien es, niemals erlernen würde. Und er selbst, wenn er ehrlich war, wusste das auch.

Weil nun aber eine neue Stelle anzutreten war, hatte Anton erneut den Vorsatz gefasst, so gut es ging, den Vorschriften gemäß zu leben.

So schwer ihm der Abschied von Wasenweiler auch gefallen war, irgendwie freute er sich doch auch auf seinen neuen Wirkungsort. Schließlich hatte er als junger Vikar – bereits zwanzig Jahre war es her – die ersten Jahre seines Priesterlebens in Unteralpfen verbracht, auf der anderen Seite des Tales. Im Nachbardorf hatte er zudem für einige Jahre als Pfarrverweser gewirkt.

Anton erinnerte sich an die wunderschöne Landschaft und an die erste gemeinsam mit Theresa verbrachte Zeit. Allerdings hatte er diese Pfarrei, als durch Zufall die Geburt ihres ersten Kindes bekannt wurde, unter widrigen Umständen verlassen müssen.

Anton dachte oft an seine Erlebnisse zurück. Jetzt, wo er in der Nähe dieser Gegend vorbeifuhr, traten die Bilder jener Jahre noch deutlicher vor sein geistiges Auge.

So gerne hätte er gewusst, was aus jenen Menschen, die er dort kennen gelernt hatte, geworden war. Der beliebte Dorfschullehrer zum Beispiel. Ob er, wo er nun etwa siebzig Jahre alt sein mochte, sich immer noch den Bäumen und der Musik widmete? Oder er dachte an Bildhauer Mutter, der sich weit herum einen Namen gemacht hatte. Hin und wieder hatte Anton in den letzten Jahren in der Zeitung über dessen Kunstwerke viel Lobendes gelesen. Leider war aber vor einiger Zeit dieser Künstler gestorben.

Noch während Anton in seinen Erinnerungen und Gedanken versunken war, kam er in Tiengen an. Jetzt musste er sich wieder mit der Gegenwart befassen. Es war ein wunderschöner Sommerabend. Anton kehrte zunächst in die am Weg liegende Dorfwirtschaft ein, wo er einen Teil seines Gepäcks einstellte, das er dann in den nächsten Tagen von einem Dorfbewohner, der mit dem Fuhrwerk unterwegs war, abholen lassen wollte.

Als es dann vollends Nacht wurde, machte sich Anton auf den Weg nach Untermettingen. Er hatte absichtlich gewartet, bis es ganz dunkel war, denn er hatte keine Lust, den Dorfbewohnern bereits vor der Ankunft im Pfarrhaus zu begegnen. Er befürchtete, dass sich vielleicht jemand von seinem Aufenthalt in der Nachbargemeinde her an ihn erinnern und ihn schon am ersten Abend erkennen könnte. Obwohl ihm damals, wie er meinte, die meisten Leute freundlich und nett begegnet waren, wusste er doch nicht, was nach seinem Weggang in der Gegend so alles über ihn geredet worden war. Er konnte nur hoffen, dass die damaligen Vorkommnisse bald vergessen worden waren.

Während der ersten Tage in Untermettingen glaubte Anton zu erkennen, dass seine Befürchtungen unbegründet waren. Die Menschen begegneten ihm mit Sympathie und Wertschätzung. Die Welt schien in Ordnung zu sein.

Als dann im August das Fest von Maria Himmelfahrt stattfand, hatte Pfarrer Schreiber, trotz des anstrengenden Tages oder vielleicht gerade deshalb, sein Gleichgewicht wieder gefunden. Besondere Freude hatte er, die Kinder zu beobachten, wie sie die Kräuterbuschel zur Weihe in die Kirche trugen. Auch die dazugehörende Prozession war ein feierliches Ereignis, das dem Gemüt guttat.

Die Unbefangenheit von Kindern liebte Anton. In ihrem Kreis übte er seine Priesterpflichten am liebsten aus.

Was Anton vor Antritt seines Amtes befürchtet hatte, trat dann doch ein. Nach einiger Zeit hatte es sich herumgesprochen, dass der neue Pfarrer einst in den nahe gelegenen Gemeinden Unteralpfen und Obereggingen tätig gewesen war. Vor allem über sein Verhalten gegenüber dem weiblichen Geschlecht wurde gemunkelt.

Besonders der vor Anton in Untermettingen tätig gewesene Pfarrer trug wesentlich zum negativen Klima bei. Er ließ sich über die Vorgänge in seiner ehemaligen Pfarrei laufend informieren. Der Lebenswandel des neuen Pfarrers interessierte ihn, zumal er diesen auch aus seinen früheren Aufenthalten in der Umgebung kannte. Es dauerte nicht lange, bis er das erste Mal eine Mitteilung nach Freiburg schickte.

Eines seiner Schäfchen habe ihm mitgeteilt, dass der noch nicht lange amtierende Pfarrer in der Gemeinde für eine »fremde, junge, ledige Weibsperson mit einem Kind« eine Wohnung gesucht und auch gefunden habe. Bald darauf seien »zur Nachtzeit« drei Personen angekommen, nämlich die alte Mutter, die junge Tochter mit deren etwa vierzehn Tage altem Kind.

Auf die daraufhin vom Ordinariat Freiburg veranlassten Nachforschungen meldete der Gendarm des Dorfes, dass inzwischen eine ältere Person und die junge Mutter mit Kind tatsächlich die von Pfarrer Schreiber besorgte Wohnung bezogen hätten. Die ältere Person habe sich für die Mutter der jüngeren ausgegeben, die Letztere habe sich als eine Mathilde Baschnagel von Baltersweil im Amt Waldshut ausgegeben und behauptet, kurz zuvor in der Entbindungsanstalt Freiburg ein Kind geboren zu haben. »*Die angebliche Baschnagel ist circa 24–26 Jahre alt, ziemlich groß und stark und ist offenbar mit der früheren Haushälterin Theresa Scherer identisch*«, berichtete die Gendarmerie, wobei sie aber übersah, dass Theresa Scherer rund zehn Jahre älter war. Aufgrund der weiteren Nachforschungen stellte sich dann auch heraus, dass diese in der fraglichen Zeit in Lenzkirch im Dienst stand und weder Urlaub hatte noch ein Kind zur Welt gebracht hatte. Sie konnte also nicht die rätselhafte Mutter mit Kind sein.

Nach weiteren Ermittlungen wurde Pfarrverweser Schreiber selbst befragt. Er bestritt, für die Unterkunft der ledigen Mutter gesorgt zu haben, er habe sich lediglich um eine Pflegestelle für ihr uneheliches Kind bemüht. Sie habe ihn um die Vermittlung einer solchen gebeten, da die uneheliche Geburt im Heimatort nicht bekannt werden sollte. Da in seiner Pfarrei mehrere arme Kinder bei Pflegeeltern untergebracht seien und die hiesigen Einwohner solch einen Verdienst in der Regel gerne sähen, habe er sich nichts bei der Vermittlung des Pflegeplatzes gedacht.

Die Ermittlungen ergaben dann, dass Mathilde Baschnagel, die eine Zeit lang bei einer russischen Fürstin in Frankreich gearbeitet hatte, das Kind im Januar 1890 in Freiburg zu Welt gebracht hatte. Als Kindsvater wurde ein gewisser Karl Moog von Meersburg ermittelt, der als Grenzaufseher im nahe gelegenen Dorf Tegernau tätig war.

Zu dieser sonderbaren Geschichte, die den Pfarrer Anton Schreiber ins Gerede brachte, kamen andere dazu. Sein Vorgänger zeigte sich überaus fleißig beim Verfassen, Sammeln und Versenden von Reklamationen. So wurde beanstandet, dass der neue Pfarrer fast nur noch deutsche Messen hielt und kaum noch lateinische. Dies hänge mit einer Wirtshauswette zusammen, in der ein Fass Bier versprochen wurde, sofern am Kaisertag im Gottesdienst deutsch gesungen würde. Es wurde auch berichtet, dass der Pfarrverweser mit den beiden Lehrern bis morgens fünf Uhr im Wirtshaus Karten gespielt hatte und dass die Gottesdienste – insbesondere die Frühmessen – nicht mehr pünktlich begannen. Zudem wurde die sparsame Ausschmückung der Kirche bemängelt. Der Pfarrer lasse kaum noch die Kerzen vor dem Muttergottesbild brennen, und es wurde festgehalten, dass Pfarrverweser Schreiber besonders dem weiblichen Geschlecht gegenüber in Schule und Christenlehre Worte fallen lasse, die dort nicht hingehörten.

Der fleißige Pfarrer äußerte auch seine Befürchtung, dass in Untermettingen eine altkatholische Gemeinde gegründet werden könnte, nachdem die »kirchenfeindlichen Elemente« Pfarrverweser Schreiber bereits in ihrer Gewalt hätten.

Es gab in der Gemeinde tatsächlich – wie bereits in Honau – zwei Lager. Ein Teil der Bevölkerung kritisierte den Pfarrer heftig, viele sympathisierten mit ihm. Letztere versuchten ihren Pfarrer in Schutz zu nehmen und gaben die schriftliche Erklärung ab, die beanstandeten Wirtshausbesuche hätten vor den Reichstagswahlen stattgefunden und der Pfarrverweser habe sich nur auf Einladung des Bürgermeisters zu ihnen gesetzt. Er habe im Verlaufe der Diskussion seinen Standpunkt als Anhänger der Zentrumspartei vertreten. Nur so sei es gekommen, dass man die Uhr vergessen habe. Pfarrverweser Schreiber habe allerdings ab 23 Uhr keinen Tropfen mehr zu sich genommen. Das Wahlresultat sei dann übrigens für die Zentrumspartei überaus günstig herausgekommen.

Doch alle Bemühungen, den Pfarrer gegen die eingereichten Anschuldigungen zu verteidigen, nützten nichts. Eines Tages bekam Anton von Freiburg die Mitteilung, dass er in der Gemeinde nicht mehr erwünscht sei. Gleichzeitig wies man ihm die Pfarrei Neuhausen im Kreis Villingen zu.

Der den Pfarrer Anton Schreiber betreffende Eintrag im Kirchenbuch lautete:

»Auf Böhler folgte Pfarrverweser Anton Schreiber, geb. 25. April 1835 in Kappelwindeck, Priesterweihe 1. August 1866, war seit 1882 Pfarrer in Honau und später in Wasenweiler. Er ließ den Brunnen in die Küche machen. Seines Bleibens sollte hier nicht lange sein, und das war gut, denn man munkelte Verschiedenes, da er früher Pfarrer in Obereggingen war. Man war auch im besten Zuge, den bereits eingebürgerten Cäcilianischen Kirchengesang wieder fallen zu lassen.

Schreiber zog am 8. Mai 1890 unter Begleitung der Schuljugend und der Lehrer bis Unter-Eggingen nach Neuhausen b. Villingen.«

Im Alb-Boten war zwei Tage nach der Abreise, am 10. Mai 1890, zu lesen:

>»*Aus der Pfarrei Untermettingen Donnerstag verließ uns unser bisheriger Herr Pfarrverweser Anton Schreiber, um nach seinem neuen Bestimmungsort Neuhausen überzusiedeln, welches Scheiden die Gemüter tief ergriff, denn dieser Geistliche war in der ganzen Pfarrei, mit Ausnahme weniger Extremer, sehr beliebt, da er ein Mann des Friedens und der Eintracht war und doch die Pflichten und Obliegenheiten eines ächten Priesters in keiner Weise vernachlässigte. Wie sehr derselbe die Liebe und Achtung der Pfarrangehörigen besaß, ließ sich an den aus dem am Mittwochabend so zahlreich, aus allen Gemeinden des Steinachtales zum Abschiede gekommenen Kirchenbesuchern ersehen. Wie nun aber eine so rasche Versetzung auf Klage und Beschwerde einzelner Extremer, ohne dass dieselben einen Beweis für ihre Anschuldigungen erbracht haben, erfolgen konnte, ist uns etwas auffällig und müssen wir zu der Anschauung gelangen, dass eben Geistliche, welche keine Heißsporne sind, wohl nicht gut bei der Kirchenbehörde angeschrieben sein mögen und die Erhaltung des Friedens in einer Pfarrei nicht allzu sehr in Betracht kömmt, sonst würden auch die Schritte der maßgebenden Behörden und Persönlichkeiten mehr Berücksichtigung finden als Klagen und Beschwerden einzelner Unzufriedener. Ist es nämlich der Fall, dass um Versetzung eines sogenannten Heißspornes von maßgebender Seite nachgesucht wird und Gründe zur Genüge vorgebracht werden, welche dartun, dass eine ersprießliche Amtshandlung nicht*

mehr möglich ist, wie steht es da mit einer Versetzung? Dieselbe wird oft so aufgeschoben, dass der Antragsteller zu anderen Mitteln greifen muss, um eine solche zu bewirken. Möchte doch in der Folge mehr auf die Erhaltung des Friedens und der Eintracht in einer Pfarrei gesehen werden und diesbezügliche gerechte Wünsche bessere Berücksichtigung finden. Der Pfarrei Neuhausen aber können wir zu diesem friedlichen Geistlichen nur gratulieren.«

Neuhausen (1890–1892)

Neuhausen liegt am Rande des Schwarzwaldes und der Baar im nicht besonders fruchtbaren Buntsandsteingebiet. Das Klima ist rau; die von Westen nach Osten leicht abfallende offene Hochfläche ermöglicht den kalten Nord- und Ostwinden freien Zugang. Nicht selten vernichtet ein später Frosteinbruch die gesamte Obsternte. Anderseits kommen in Neuhausen nur wenige Nebeltage vor, sodass das raue Klima auch seine Vorteile hat.

Die Bevölkerung lebte fast ausschließlich von der Landwirtschaft. Weil jedoch in früheren Zeiten die karge Bodenbeschaffenheit noch nicht mit intensiver Düngung verbessert werden konnte, ließen sich nur kleine Erträge erzielen, und die Menschen waren arm. Einzig die Uhrenindustrie hatte auch hier da und dort etwas Geld in die Gemeinde gebracht. Doch auch diese Einnahmequelle versiegte dann wieder mehr oder weniger mit dem Aufkommen der Industrialisierung.

Als im Jahre 1890 Anton Schreiber in Neuhausen sein Amt als Pfarrverweser antrat, fehlte es auch hier, wie in allen Schwarzwaldgemeinden und besonders in deren Pfarreien, an Geld. Anton war aber ein Mensch, der dem Geld in allen Bereichen, auch in seinem Privatleben, eine wesentliche Bedeutung zumaß. Ohne finanzielle Mittel ließen sich auch in einer Pfarrei keine Ideen und Pläne verwirklichen. Wie gerne hätte Anton, wie einst in Waldau, den längst fälligen Kirchenumbau in die Wege geleitet. Aber damit stieß er schon in den ersten Gesprächen bei den Ortsältesten auf Widerstand. Dass man die Einwände mit dem fehlenden Geld begründete, konnte Anton zwar verstehen. Aber es schien ihm, dass ihm einige Dorfbewohner von Anfang an mit einem gewissen Misstrauen begegneten. Hatten Waldauer Bürger schlecht über ihn geredet? Schließlich war die Entfernung zu Waldau nicht allzu groß, und durch den Uhrenhandel sowie durch die Hausierer verbreiteten sich alle Neuigkeiten, positive wie negative, ziemlich rasch auch in die hintersten Ecken des Schwarzwaldes.

Nicht nur hinsichtlich seiner Pfarrgemeinde fehlte es an Geld. Auch privat hatte er diesbezüglich große Sorgen.

Sein Verdienst als Pfarrverweser war relativ klein. Jedenfalls entsprach er nicht seinen Lebensbedürfnissen, denn seine Kinder kosteten Geld. Josef, das Kind, das er mit Karolina gezeugt hatte, war inzwischen 21 Jahre alt und wollte Priester werden. Dorothea wohnte bei ihrem Onkel Alphons und ihrer Tante Juliana und Franz und Rosa in Waldau bei Theresa. Es war vorgesehen, dass Franz nach der Schulentlassung ein Seminar besuchen würde. Das bedeutete eine zusätzliche finanzielle Belastung. Und selbstverständlich konnte und wollte Anton nicht auf die weltlichen Genüsse verzichten. Seitdem Theresa nicht mehr als Haushälterin bei ihm lebte, war er noch mehr als früher auf die abendlichen Wirtshausbesuche angewiesen.

Zudem hatten sich seine Asthma-Anfälle verschlimmert. Die Hoffnung, dass ihm das in der Höhe des Schwarzwaldes herrschende, bei Erkrankungen der Atemwege und der Herz- und Kreislauforgane so vorzügliche Klima etwas Erholung oder gar Heilung bringen würde, erfüllte sich nicht.

Anton fühlte sich einsam. Theresa fehlte ihm. Doch er wusste, dass das Zusammenleben mit ihr der Vergangenheit angehörte.

Wie endgültig die Trennung war, zeigte sich, als Theresa ihm mitteilte, sie werde demnächst von Waldau wegziehen und in Windeck beim Witwer Ignaz Veith eine Stelle als Haushälterin antreten. Ignaz war Vater von neun Kindern, die zum Teil noch nicht erwachsen waren. Er brauchte nach dem Tod seiner Frau unbedingt eine Hilfe im Haushalt – und nach Ablauf der Trauerzeit auch wieder eine Frau.

Theresa dachte an ihre Zukunft. Noch war sie jung und konnte sich als gute Köchin und fleißige Haushalthilfe ihren Lebensunterhalt selber verdienen. Durch die Heirat mit Ignaz jedoch, einem Gemeindeangestellten, wäre sie schließlich bis ins Alter versorgt. Ganz abgesehen davon sehnte sie sich nach all den aufregenden Jahren mit Anton endlich nach einem geordneten Leben. Wenn Ignaz je ernsthaft die Frage der Eheschließung stellen sollte – Andeutungen hatte er bereits gemacht –, wäre sie damit einverstanden.

Als es dann dazu kam, bereitete ihr allerdings ihr inzwischen elf Jahre altes Kind Rosa großes Kopfzerbrechen. Schon bei den kleinsten Andeutungen stieß sie auf heftigen Widerstand. Rosa hatte die Familie von Ignaz vor einiger Zeit an einem kirchlichen Fest kennen gelernt und konnte sich vor allem mit den Buben überhaupt nicht anfreunden. Anton begriff, dass sich Rosa dagegen wehrte, in der neuen, vielköpfigen

Familie ihrer Mutter zu leben. Bis jetzt war sie ja bei ihm ziemlich privilegiert. Warum, dachte er, soll das Kind nicht bei mir wohnen? Er schrieb an Theresa und bettelte, wenn sie sich nun endgültig von ihm trennen wolle, solle sie ihm wenigstens Rosa überlassen.

Was die Führung des Haushaltes im Pfarrhaus betraf, kamen Anton in den ersten Wochen nach seinem Amtsantritt abwechslungsweise zwei seiner Nichten, also Cousinen von Theresa, zu Hilfe. Da aber Anton für die Beschäftigung einer Haushälterin gemäß erzdiözeslicher Anordnung vorher eine Bewilligung einzuholen hatte, hielten sie sich ganz verborgen im Pfarrhaus auf.

Das Dekanat Triberg hatte Anton mitgeteilt, dass er wegen seines Verhaltens in Untermettingen einen Verweis erhalte sowie die Warnung, dass man ihn aus der Seelsorge entferne, wenn er sich eines weiteren Vergehens schuldig mache. Der Dekan selber war beauftragt worden, sich jederzeit darüber informieren zu lassen, welche weiblichen Personen bei Pfarrer Schreiber verkehrten. Sofern sich eine gewisse Theresa Scherer bei ihm aufhalte, müsse sofort Bericht erstattet werden.

Als Theresa ihre Wohnung in Waldau aufgab, holte Anton seine Schwester Margaretha, also Theresas Mutter, sowie Franz und Rosa zu sich ins Pfarrhaus. Das wurde prompt nach Freiburg gemeldet, und Anton musste sich rechtfertigen. Seine Auskunft, es handle sich bei der sich im Pfarrhaus aufhaltenden Frau um seine siebzig Jahre alte Schwester, die ihm den Haushalt führe, musste man aufgrund der gemachten Überprüfung glauben. Über die Anwesenheit der zwei angeblich aus der Verwandtschaft stammenden armen Kinder sah man hinweg. Franz blieb ohnehin nicht mehr lange. Er wurde in ein katholisches Seminar geschickt, wo er eine gute Ausbildung erhalten sollte. Schon bald lebte nur noch Rosa bei Anton im Pfarrhaus.

Pfarrer Schreiber wurde in Neuhausen genau kontrolliert, und zwar entweder von neugierigen Dorfbewohnern oder von beauftragten Beobachtern der Obrigkeit. Ein besonders eifriger Informant war der Pfarrer einer Nachbargemeinde. Er meldete dem Ordinariat, dass im Pfarrhaushalt auch nach dem Wegzug der Haushälterin, seiner Schwester Margaretha, eine auffällige Ordnung herrsche und dass während der Abwesenheit des Pfarrers am Fenster Teppiche ausgeschüttelt würden, was auf die Anwesenheit von weiblichen Personen schließen lasse. Pfarrer Schreiber habe erklärt, dass er selber für sich koche – doch das könne nicht sein. Der Nachbarin sei des Öfteren aufgefallen, dass Rauch aus dem Kamin aufstieg, obwohl der Pfarrer schon Stunden zuvor das Haus verlassen habe. Im Dorf galt es dann als offenes Geheimnis, dass der Pfarrer eine Haushälterin habe, obwohl niemand sie zu Gesicht bekam.

Gar mysteriös wurde die Sache, als vermerkt wurde, dass der Hauptlehrer an einem frühen Morgen im Pfarrgarten »einen Schwarzwälder« gesehen habe. Als er mit seinem Operngucker näher hingeschaut habe, habe er eine verkleidete Frau erkannt, die, als sie sich beobachtet wusste, jäh ins Pfarrhaus verschwand. Um wen es sich bei dieser Person handelte, konnte der Späher nicht in Erfahrung bringen. War es vielleicht die etwa dreißigjährige Frau, die sich laut Angaben einer Gastwirtin kurz nach dem Einzug des neuen Pfarrers Anton Schreiber einige Stunden in ihrem Gasthaus aufgehalten und sich nach dem Pfarrhaus erkundigt hatte? Nach der Beschreibung konnte es die ehemalige Haushälterin Priska gewesen sein.

Viele Dinge wurden beobachtet, viele Details wurden gemeldet. So stellte man fest, dass sich der Pfarrer manchmal über die Polizeistunde hinaus im Wirtshaus aufhalte, was für den Bürgermeister, der ja für Ordnung einzustehen habe, besonders unangenehm sei. Unter anderem wurde auch berichtet, der Pfarrer habe sich einmal im Gasthaus zu zwei »Hausierweibern« gesetzt, die nach Neuhausen gekommen seien, um mit Zwetschgen zu handeln. Die beiden Frauen, gemäß Protokoll etwa zwanzig und siebzig Jahre alt, hatten dem Wirt erklärt, dass sie an den Reden des Pfarrers Anstoß genommen hätten. Der Bürgermeister gelangte anschließend an den die Untersuchung führenden Pfarrer Rohrer und bat ihn, er möge doch im Stillen darauf hinwirken, dass Schreiber von Neuhausen wegkomme.

Just in dieser Zeit meldete sich der Definitor Droll, der Stellvertreter des Dekans, zu Wort. Er setzte sich vehement für Pfarrverweser Schreiber ein. Er kannte zwar offensichtlich weder die Vorgeschichte noch wusste er, was man Schreiber in Neuhausen alles vorwarf. Es war ihm ganz offensichtlich ein Anliegen, seinem Mitbruder zur Seite zu stehen und gegen das Vorgehen von Pfarrer Rohrer zu protestieren. Droll vertrat die Meinung, dass dieser von einem Menschen instrumentalisiert werde, *»der sich zur Aufgabe macht, während der Nachtzeit und am frühen Morgen aufzupassen, was in des Nachbars Haus vorgeht, und der seine beweislosen Wahrnehmungen bei Leuten verwertet, bei denen er annimmt, diese werden solches gerne hören, und ins Zeug gehen, während er sich im Hintergrund im Stillen freut, unbekümmert darum, was durch Ärgernis geschadet wird«.*

Fünf Tage nach seinem Schreiben an das Ordinariat beglaubigte Definitor Droll die Abschrift einer Erklärung, in der 96 Bürger von Neuhausen bekundeten, mit Pfarrverweser Schreiber zufrieden zu sein, und ihm ihr Vertrauen aussprachen. Unter den Unterzeichnern dieser Erklärung befanden sich immerhin der Altbürgermeister, fünf Gemeinderäte, der Ratsschreiber, ein Lehrer, der Mesner und der Baufondsrechner.

Trotz diesem starken Zuspruch musste Anton Schreiber die Gemeinde bald verlassen. Im August 1892 beschloss das Ordinariat, ihn nach Liptingen zu versetzen.

Ganz abgesehen von den Streitigkeiten um seine Person war die Zeit in Neuhausen ziemlich anstrengend. Anton Schreiber konnte sich nicht erinnern, dass in einer anderen Pfarrei das Brauchtum mehr gepflegt wurde als hier. Ein kirchliches Fest löste das andere ab.

Im Frühjahr, wenn die Felder bestellt waren, fanden Flurprozessionen statt, die den Segen des Himmels auf die Feldfrüchte herabbitten sollten. Es war selbstverständlich, dass aus jedem Haus eine Person mitging. Der erste dieser Umgänge fand am Markustag, am 25. April, statt. Weitere Prozessionen folgten in den Bitttagen vor Christi Himmelfahrt. An diesem Tag selbst zog die ganze Gemeinde »mit Kreuz und Fahnen« im weiten Bogen durch die Felder. Dabei wurde an vier Feldkreuzen Station gehalten mit Gebeten, Gesängen und dem Segen am Wetterkreuz. War die Witterung unsicher, kürzte man den langen Weg ab. Einer der schönsten Feiertage war Fronleichnam. Für den »Herrgottstag« wurde das Dorf, so weit der Prozessionsweg führte, festlich geschmückt.

Zu beiden Seiten der Straße waren frische Maienruten gesteckt, die Häuser prangten mit Girlanden und Fähnchen und besonders mit den großen Bildtafeln, die sonst in den

Stuben hingen. Es war ein besonderes Erlebnis, langsam, unter feierlichen Musikweisen von einer Station zur anderen gehend, diesen so persönlichen Schmuck der Häuser bewundern zu können. An vier Stellen waren Altäre aufgestellt: der letzte mit Figuren aus der hauseigenen Kapelle der Familie Seckinger geschmückt.

Eine Woche später war der »alte Herrgottstag«, was mit einer Prozession um die Kirche gefeiert wurde.

So wie am Palmsonntag die Buben ihre Palmen in die Kirche trugen, hatten an Maria Himmelfahrt, am 15. August, die Mädchen ihre Kräuterbuschel. An diesem Tag wurden auch in Neuhausen – meistens von den Kindern – die Kräuterbuschel zur Weihe in die Kirche getragen. Dieser Brauch wird fast in jeder Gemeinde, in jedem Tal, in Form und Inhalt nach althergebrachter Regel anders zelebriert. Es gibt von flüchtig gepflückten Sträußen bis zu kunstvollen Kräutergebinden. Man trägt Sträuße, in denen sieben, neun, 66, 77 oder gar 99 verschiedene Kräuter und Blumen in einem Buschel vereinigt sind.

Das Binden eines schönen Kräuterbuschels war keine leichte Sache. Rosa hatte viel Gefühl für das Schöne. Sie gab sich große Mühe, dass ihr Buschel zum Kunstwerk wurde. Sie suchte in Feld und Garten die nötigen Blumen und Kräuter und band sie nach Neuhauser Sitte um einen Stab. Von oben her prangten die Dahlien und Stockrosen, es folgten Ähren von allen Getreidesorten, Gartenfrüchte, ein Rettich, eine Gelbrübe, ein Kohlräbli, eine Erbsenranke sowie Würz- und Heilkräuter wie Petersilie, Liebstöckel, Schafgarbe, Minze, Johanniskraut, Tausendgüldenkraut, Ringelblumen; schließlich als Abschluss Blätter von Kabis.

Eines der letzten Rätsel gab Pfarrer Schreiber seinen Beobachtern auf, als er nur wenige Wochen vor seinem Wegzug bereits am frühen Morgen den Weg zur Bahnstation Triberg antrat – und zwar, ohne vorher die Frühmesse gelesen zu haben.

Anton hatte nur einige Tage zuvor vom Schriftsteller Vierordt einen Brief erhalten. Darin erwähnte dieser die aktuell geführte Diskussion über den Reichskanzler, der wegen Meinungsverschiedenheiten mit dem jungen Kaiser Wilhelm II. zum Rücktritt gezwungen worden war. Ein großer Teil der Bevölkerung empfand dies als ungerecht, weshalb man für den 10. Juli 1892 in Bad Kissingen, wo sich Bismarck zur Kur aufhielt, eine Sympathiekundgebung organisierte. Wie Vierordt in seinem Brief an Anton schrieb, hatte er vor, daran teilzunehmen, und er würde sich freuen, wenn man sich dort treffen könnte.

Einige Wochen danach zog Anton von Neuhausen weg. Das Dekanat Triberg fertigte Pfarrverweser Schreiber darauf das folgende, wundersam positive Zeugnis aus:
1. Befähigung: gut bis sehr gut
2. Wissenschaftliche Ausbildung: gut bis sehr gut
3. Berufseifer: sehr gut
4. Wandel: es sind keine Klagen von Seiten der
    Gemeinde beim Dekanat vorgebracht worden

Liptingen (1892–1893)
Seit dem kirchlichen Urteil, das Anton bei Wiederaufnahme seiner langjährigen Haushälterin, der Nichte Theresa, die Privierung androhte, nahmen sich jeweils für kurze Zeit andere

Familienangehörige Antons an, besonders Theresas Schwester Juliana.

Sie besorgte in den ersten Wochen nach dem Amtsantritt wie bereits in Untermettingen und Neuhausen auch in Liptingen vorübergehend den Pfarrhaushalt. Doch dies war jeweils nur für kurze Zeit möglich, denn erstens wurde sie im Elternhaus bei ihrem ledigen Bruder Alphons und bei ihrem angeblichen Pflegekind Dorothea gebraucht, und zweitens wäre das Ordinariat in Freiburg auch mit ihrer Anwesenheit im Haushalt des Pfarrers Anton Schreiber nicht einverstanden gewesen. Deshalb übernahm dann einige Zeit später wieder ihre Mutter Margaretha vorübergehend die Führung des Pfarrhaushaltes.

Schon nach kurzer Zeit fühlte sich Anton in Liptingen heimisch. Das war das Gute in seinem Beruf: Einarbeiten musste er sich nicht. Seine Pflichten waren ja überall mehr oder weniger die gleichen. Nur im Umgang mit den einzelnen Menschen musste sich ein Pfarrer jeweils wieder umstellen.

Liptingen war ein Dorf wie viele andere. Und doch war es anders. Die Höhenlage und das dadurch bedingte raue Klima bestimmte die Menschen und ihre fast ausschließlich landwirtschaftliche Arbeit. Liptingen führte noch bis ins 19. Jahrhundert ein abgelegenes Sonderdasein. Man kann das Dorf als nördliche Grenzgemeinde des Hegaus bezeichnen. Die durch die Donau von der Schwäbischen Alb abgetrennte Hochfläche geht hier in den milden Hegau über. Von hier aus kann man bei klarem Wetter die gesamte Alpenkette vom Berner Oberland bis hinüber zu den österreichischen Alpen erblicken. Aus dem Südwesten grüßt der Hohenstoffel herüber, im Süden erkennt man den Bodanrück, und bei Föhnstimmung kann man sogar die Ruine Bodman sowie die Wallfahrtskapelle Frauenberg sehen.

Auch in geschichtlicher Hinsicht ist Liptingen ein interessantes Dorf. So sind immer noch Spuren früherer Kriege oder zerfallener, trichterförmiger Gruben aus dem früheren Erzabbau zu erkennen. Die Schenkenberg-Wallfahrtskapelle »Unsere liebe Frau« mit ihren vielen Votivtafeln gibt, abgesehen vom künstlerischen Aspekt, einen guten Einblick in das Leben früherer Zeiten. Auch die Zeilenkapelle ist von großer kunsthistorischer Bedeutung. Hier sind Wandmalereien im Langhaus und im Chor, die ziemlich sicher aus dem 15. Jahrhundert stammen. Die Kapelle ist dem Heiligen Sebastian geweiht, dem Schutzpatron gegen Viehseuchen.

Die Pestkreuze, die an allen vier Ortseingängen stehen, erinnern an die Zeit der großen Pest im 17. Jahrhundert während des Dreißigjährigen Krieges, als in wenigen Jahren mehr als die Hälfte der Einwohner an dieser Krankheit zugrunde ging. Mit der Aufschrift »Wanderer, flieh! Hier haust die Pest« sollten sie den Fremdling zurückschrecken, zugleich aber auch um Erlösung von der Seuche bitten. Die Pestkreuze sind für immer Zeichen aus furchtbarer Notzeit und Bitte um Gottes Hilfe.

Und dann natürlich die Martinskapelle und das Wichtigste: die Liptinger Kirche. Sie befindet sich in etwas erhöhter Lage mitten im Dorf und ist, mit ihrem vom großen Barockbildhauer Feuchtmayer geschaffenen Hochaltar, ein Kleinod unter den Gotteshäusern. Sie wurde nach mühsamen, langjährigen Verhandlungen im Jahre 1724 an der Stelle der alten Kirche neu aufgebaut und kurz darauf dem heiligen Michael geweiht.

Obwohl im Dreißigjährigen Krieg und auch in späteren Kriegswirren das Dorf arg gelitten hatte, blieben der Nachwelt einige der herrlichen alten Fachwerkhäuser erhalten.

So sehr sich der Pfarrer Anton Schreiber auch für die Geschichte interessierte, hatte er sich doch vor allem mit der Gegenwart zu befassen. Es war seine Pflicht, den Menschen Gottergebenheit und Hoffnung zu predigen und ihnen durch das Beten den schweren Alltag zu erleichtern. Wie in allen ländlichen Gemeinden herrschte auch in Liptingen die Armut vor. Die Ernteerträge waren gering und reichten kaum aus, um die kinderreichen Familien zu ernähren. Schon ein einziges schlechtes Erntejahr konnte die Menschen nahe an eine Hungersnot bringen. Das Geld wurde dann noch rarer als üblich, denn für den Verkauf blieb nur übrig, was man in Feld und Wald mühsam gesammelt und sich vom Munde abgespart hatte. Zu allem Elend kam noch hinzu, dass die Leute für das wenige, das sie in den weit entfernten Ortschaften verkaufen wollten, stundenlange Fußmärsche auf schlechten Wegen in Kauf nehmen mussten.

Trotzdem bedeuteten solche Tage eine Abwechslung im eintönigen Alltag, und es war nur allzu verständlich, dass man auch für die hin und wieder in entfernten Dörfern stattfindenden Waren- oder Viehmärkte die weiten Wege gerne unter die Füße nahm.

Ein Markttag war ein besonderer Tag im Leben der bäuerlichen Familien. Auch die Frauen und ihre Kinder durften mitgehen. Obwohl das Geld knapp war, kehrte man vor dem Heimweg noch ein. In den Wirtschaften war ein reges Treiben, und Vesper und »Viertele« schmeckten recht gut.

Auch Anton war, wie in jungen Jahren, kein Verächter solcher weltlichen Freuden. Und er sorgte dafür, dass auch Rosa nicht zu kurz kam.

Mit dem Dorflehrer zusammen organisierte Anton für die Kinder lehr- und erlebnisreiche Ausflüge. An lohnenden Zielen fehlte es nicht. In den in Wiesen und Felder hineingebetteten Dörfern oder auf einsamen Höhen standen viele Kirchen und Kapellen, deren Kunstschätze und Geschichte sehenswert und interessant waren. Anton war ein kluger Reisebegleiter. Er schaffte es fast immer, dass sie auf dem Hin- oder Heimweg auf das Fuhrwerk eines Bauern aufsteigen durften.

Aber auch kurze Wanderungen an freien Nachmittagen durch die schönen Wälder mit einem Abstecher auf eine Burgruine bedeuteten ein Erlebnis. Von solchen Höhen herab, wo einst mächtige Schlösser und Burgen gestanden hatten, war zwar nur Wald zu sehen, Wald und nochmals Wald; Anton zitierte bei solchen Gelegenheiten gerne Eichendorff:

Wer hat dich, du schöner Wald,
Aufgebaut so hoch da droben?
Wohl den Meister will ich loben, so lang noch meine
Stimm erschallt.

Es waren schöne Stunden, die Anton im Kreise der Schulkinder verbrachte. Zugleich konnte er sich dabei seinem eigenen Kind widmen, ohne dass seine tatsächliche Beziehung auffiel.

Obwohl seine Nichte Juliana wusste, dass die Diözese das Leben von Anton beobachten ließ, kam sie wiederholt heimlich ins Pfarrhaus und besorgte zusammen mit ihrer Mutter den Haushalt. Für Rosas Wohl war gesorgt. Auch in geistiger Hinsicht. Da sie seit dem Wegzug von Waldau oft die Schule versäumte, gab ihr Anton besonders im Lesen und Schreiben Nachhilfe.

Neben Schwester Margaretha und Nichte Juliana war auch Sohn Franz öfter im Pfarrhaus anzutreffen. Und sogar Josef, der mit Karolina gezeugte Sohn, der vor Kurzem selber zum Priester geweiht worden war, verbrachte einige seiner Ferientage in Liptingen.

Kaum hatte Anton am neuen Ort sein Amt als Pfarrverweser angetreten, wurde die Pfarrei zur festen Besetzung ausgeschrieben. Falls sie einem anderen Priester übertragen worden wäre, wäre er innerhalb kurzer Zeit wieder zum Umzug gezwungen gewesen. Deshalb stellte er, inzwischen 57 Jahre alt, die Bitte, ihm die Pfarrei Liptingen zu verleihen. Nachdem Pfarrer Droll, der ihm schon in Neuhausen helfend zur Seite gestanden hatte, die Nachbargemeinde Rorgenwies übertragen bekommen hatte, gab es für Anton in ihm einen Fürsprecher, der sogleich ein Empfehlungsschreiben nach Freiburg sandte. Und auch Pfarrer Bolian von Emmingen, der vom Ordinariat den Auftrag hatte, Erkundigungen über Pfarrverweser Schreiber einzuziehen, gab eine positive Stellungnahme ab. Er berichtete etwa: *»Seine Haushälterin ist eine Person, welche das 50. Lebensjahr stark überschritten haben dürfte. Pfarrer Schreiber stellte sie mir als seine Schwester vor.«*

»Über das Verhalten des Pfarrverwesers Schreiber habe ich bis jetzt erfahren, dass derselbe seine gottesdienstlichen Funktionen recht verrichte und sich auch durch den persönlichen Verkehr bei den Liptingern beliebt gemacht habe. Den Religionsunterricht erteilt er regelmäßig. Seine Nebenbeschäftigung ist im Sommer

Bienenzucht, gegenwärtig Rechnungsstellung. Einen Grund zu irgendeiner Beanstandung seines ganzen Verhaltens nahm Unterzeichneter nicht wahr.«

Trotz dieser günstigen Ausgangslage erhielt Schreiber die Pfarrei Liptingen nicht zugeteilt. Im April 1893 verordnete das Ordinariat seine Versetzung in die hohenzollerische Gemeinde Jungingen.

Hohenzollern gehörte zwar kirchlich zu Baden, staatsrechtlich jedoch zu Preußen; die Gemeinde Jungingen lag ziemlich abseits der großen Verbindungen. So war anzunehmen, dass in dieser Pfarrei das Vorleben des Pfarrers unbekannt war und auch bleiben würde. Obwohl sich Anton Schreiber viel lieber eine Pfarrei im geliebten Schwarzwald oder in der vertrauten, seiner Heimat nahen Rheinebene gewünscht hätte, musste ihm die Versetzung in die von der Erzdiözese weit entfernten Gemeinde Jungingen recht sein.

Nun hieß es wieder einmal Abschied nehmen. Vom Ort, von Menschen. Auch von seiner Schwester Margaretha musste sich Anton trennen. Nach Jungingen konnte er sie nicht mitnehmen, denn dort besorgte die Haushälterin des bisherigen Pfarrers den Haushalt.

Jungingen (1893–1896)

Eine große Schar sonntäglich gekleideter Menschen hatte soeben die Kirche von Jungingen verlassen. Die Frauen strebten nach Hause, um das sonntägliche Mittagessen zuzubereiten. Die Männer trafen sich, wie das nach dem Kirchenbesuch üblich war, zum Frühschoppen in der Dorfwirtschaft. Ihr Gesprächsthema galt dem neuen Pfarrer, der an diesem Sonntagvormittag seinen Antrittsgottesdienst gehalten hatte. Das erste Urteil war allgemein gut.

»Überall ist Luft und überall ist Licht«, hatte schon Eulenspiegel gesagt, wenn er wieder einmal von einem Ort wegziehen musste. Daran erinnerte sich nun Anton und sagte sich, dass er auch in Jungingen werde leben können. Dass der Kirchturm nicht ganz seinem Geschmack entsprach, war nicht wichtig, aber bedeutete einen Anreiz. Vielleicht ergäbe sich die Gelegenheit, sich wieder mit Planen und Bauen zu beschäftigen.

Als sich Anton dann an jenem Sonntag, nachdem er noch die Maiandacht gehalten hatte, zur Ruhe legte, war er ganz zufrieden. Sorgen machte ihm allerdings die Gesundheit. Wiederholt hatte in der Nacht das Herz stark geschmerzt.

Mehr denn je hätte er jemanden zur Seite gebraucht. Gewiss, die vom bisherigen Pfarrer übernommene Haushälterin war eine pflichtbewusste Frau, aber sie behandelte ihn schon etwas gar distanziert.

Eines Tages kam Nichte Juliana mit Rosa auf Besuch. Als sie wieder heimkehrte, ließ sie das Mädchen einfach bei Anton im Pfarrhaus zurück.

Wie bereits in Neuhausen und Liptingen erklärte Anton, Rosa sei ein armes Kind aus der Verwandtschaft, um das er sich kümmere.

Sechs Monate nach seinem Amtsantritt empfahl der Dekan des Landkapitels Hechingen dem Ordinariat, Anton Schreiber die Pastoration der Pfarrei Jungingen zu übertragen, zumal man nur Gutes höre und die Bevölkerung der beiden zur Pfarrei gehörenden Orte, Jungingen und Schlatt, mit großer Liebe an ihm hänge. In seinem Empfehlungsschreiben erwähnte der Dekan noch, dass Pfarrverweser Schreiber ein Kind von dreizehn Jahren bei sich habe, welches die Tochter seiner Nichte sein solle, und dass Schreiber vonseiten seiner Amtsbrüder schon bedeutet worden sei, um eine anderweitige Führung seines Haushaltes besorgt zu sein.

Das Ordinariat forderte Schreiber danach umgehend auf, das Mädchen zu entfernen. Als Haushälterin konnte er darauf die Schwester eines befreundeten Pfarrers gewinnen.

Anton entschied sich, das Kind in das Franziskanerkloster Heiligenbronn zu bringen. Vom Besuch einer Klosterschule hielt Anton viel, Theresa auch.

Rosa aber wollte nicht ins Kloster. Sie wollte im Pfarrhaus bleiben dürfen. Es nützte nichts. Im Frühjahr des Jahres 1894 brachte Pfarrer Schreiber das dreizehnjährige Mädchen nach Heiligenbronn, wo es schon bald darauf zusammen mit anderen Kindern die erste Kommunion empfing.

Die ersten Monate im Kloster waren eine traurige Zeit. Das Leben dort fiel ihr schwer, denn bisher war sie, trotz der seltsamen Verhältnisse, in gewisser Hinsicht von allen, die sie umgaben, ziemlich verwöhnt worden. Mit der Zeit gewöhnte sie sich aber an die neue Umgebung, das Heimweh ließ langsam nach.

Im Pfarrhaus in Jungingen nahm das Leben seinen Lauf. Nachdem Anton der Verfügung, das bei ihm im Pfarrhaus lebende Mädchen wegzubringen, nachgekommen war, wurde ihm die Pfarrei als feste Pfründe verliehen.

Und bald schon gab es wieder Briefverkehr wegen des Pfarreihaushalts. Auf geheimen Wegen war so manches aus dem Vorleben Schreibers in die abgelegene Pfarrei Jungingen gedrungen. Die Haushälterin kündigte und sagte zu ihrem Bruder, dem Vorgänger von Anton: »*Bei einem solchen Herrn bleibe ich nicht!*« Ein paar Wochen zuvor sei »*eine Person aus dem Badischen, wegen welcher er, wenn ich recht unterrichtet bin, früher in Untersuchung stand*«, zu Pfarrer Schreiber gekommen und auch für einige Zeit geblieben. Die Frau habe den Ort zwar wieder verlassen, sagte sie und fügte an: »*Aber die Vergangenheit Schreibers ist nun in Jungingen bekannt.*« Pfarrer Schreiber stellte darauf eine 22-jährige Frau an, ohne diese Anstellung vorschriftsgemäß der Obrigkeit zu melden.

Der zuständige Dekan Heyse, der über die Vorgänge informiert wurde, wusste nicht, wie er mit der Sache umgehen sollte, und schrieb anstatt an das Ordinariat an den für das Referat Hohenzollern zuständigen Assessor, und zwar sozusagen als Privatmann. Da der Assessor mehr über Schreibers Vergangenheit wusste, informierte er das Ordinariat, welches im Juli 1894 von Schreiber Bericht verlangte, wer die aus dem Badischen gekommene Person gewesen sei. Gleichzeitig drohte ihm die Kirchenbehörde die Suspension an.

Pfarrer Schreiber berichtete, dass ihn seine frühere Haushälterin verlassen habe, weil deren Schwester und Mutter krank geworden seien. Die abtretende Haushälterin habe ohne sein Wissen einer hiesigen Person die Führung des Haushalts anvertraut. Die junge Frau sei brav, unbescholten, sittsam und fromm, überdies Mitglied eines kirchlichen Ordens, habe das Gelübde der Keuschheit abgelegt und werde bald in ein Kloster eintreten. Er habe das Mädchen inzwischen bereits aus dem

Pfarrhaus entlassen. Zum Besuch aus dem Badischen merkte er an, es habe sich nicht um eine, sondern um zwei Personen gehandelt, die als Gäste zu seiner Investition gekommen seien.

Bald darauf, im August, informierte Pfarrer Schreiber das Ordinariat, dass er Maria Schimminger aus Tannheim als Haushälterin angestellt habe. Sie sei zuvor bei Dekan Heyse tätig gewesen und verfüge über ausgezeichnete Zeugnisse.

Daraufhin herrschte zwischen dem Ordinariat und Pfarrer Schreiber zwei Jahre lang Ruhe.

Anton war bemüht, trotz allem ein guter Pfarrer zu sein. Das fiel ihm auf der hohenzollerischen Alp etwas leichter als in manchen seiner bisherigen Gemeinden, die ihr Leben sehr streng nach dem katholischen Glauben ausrichteten und oftmals auch von der Geografie her etwas in sich gekehrt, das heißt abgelegen waren. Hier am neuen Ort schien die Atmosphäre offener zu sein. Das mochte mit dem seit nunmehr Jahrzehnten betriebenen Hausierhandel zu tun haben, durch den man weit herumkam. Hier stand man den umwälzenden technischen Neuerungen nicht so skeptisch gegenüber.

Viele Junginger Bürger waren nur während der Heu- und Emdernte zu Hause. In den restlichen Monaten des Jahres bereisten sie das ganze württembergische Oberland, den Schwarzwald, das Elsass und immer mehr auch Voralberg und die Schweiz. Die Armut früherer Jahrzehnte hatte sie gelehrt, statt zu betteln, mit allerhand kleinen Sachen zu handeln. Angefangen hatte es mit Obst und gedörrten Schnitzen. Wenn im angestammten Wohnort zu wenig Obst wuchs, kauften sie in anderen Ortschaften dazu und machten sich damit auf die Reise.

Als sich dann später wegen der geringen landwirtschaftlichen Erträge als Nebenerwerb eine umfangreiche Heimindustrie entwickelte, stellte man fest, dass auch mit dem Vertrieb vieler verschiedener Erzeugnisse Geld zu verdienen war. Das war ein wichtiger Grund, dass aus dem Killertal nicht so viele Menschen nach Amerika auswanderten wie aus anderen Gebieten.

Als Seelsorger war Pfarrer Schreiber nicht mehr so spontan wie in jungen Jahren. Die vergangenen Erlebnisse hatten ihn etwas vorsichtiger werden lassen. Aber immer noch suchte er den Kontakt mit den Leuten des Dorfes. Er stellte fest, dass die Menschen hier erstaunlich fröhlich waren.

Besonders angezogen fühlte er sich von der Familie Bumiller. Dort kam fast in jedem Jahr ein Kind auf die Welt. Insgesamt wurden es sieben Mädchen und sieben Buben. Casimir Bumiller, der Vater der Großfamilie, war ein Mann, der auch Gefühle zeigte und diese in Texten zum Ausdruck brachte, die ihn im Laufe seines Lebens zum heimatlichen Dichter machten. Was Kirche und Religion betraf, hatte er seine eigenen Ansichten. Bumiller sah alle Zusammenhänge auf der Welt in der Natur begründet. Sie schaffte für ihn alle Bewegung, jede Entwicklung, alles Werden und Vergehen. Diese Grunderkenntnis faszinierte ihn und ließ ihn in keinem seiner Gedichte los. In allen Bereichen seiner Umgebung, seiner Heimat, überall, wo er seine Augen aufmachte, fand er dieses Gesetz wieder. Die Einsicht in die Allgegenwart dieses Grundprinzips führte ihn zu einer pantheistischen Weltanschauung, er setzte also seine Gottesvorstellung mit der Natur gleich. Zum Beispiel:

Ich kenn ein trautes Gotteshaus,
Das dehnt in Wald und Flur sich aus,
Da schaut aus Blumen Busch und Hain
Der Schöpfer mir ins Herz hinein.

Die Natur wirkt in allen Dingen gleichermaßen, ihr Wesen ist Werden und Vergehen. Was für die Blume das Verblühen, ist für den Jahresablauf der Herbst und Winter, für die historische Epoche der Untergang, für den Menschen der Tod. Selbst das Schlittenfahren sieht der Dichter als metaphorische Lebenskurve:

Die Rodelbahn gleicht dem menschlichen Leben,
Langsam muss aufwärts zur Höhe man streben,
Ist man aber oben und hat sich gewendet,
Wie schnell gings bergab, wie bald ist geendet.

Diese freimütige Anschauung führte vor allem unter den strenggläubigen katholischen Mitbürgern oft zu ausgiebigen Diskussionen. Auch mit dem Ortspfarrer Schreiber. Die Ansichten anderer Leute interessierten Anton. Er verfolgte alles, was in der Welt vorging, und es war ihm schon immer ein Bedürfnis, darüber zu reden. Zum Beispiel im Wirtshaus, das der Pfarrer auch in Jungingen zu seiner Stube machte.

Das Herzleiden, das Anton zu schaffen machte, verschlimmerte sich mit der Zeit. Der Arzt verschrieb ihm Medikamente. Anton suchte Naturheilärzte auf, die ihn mit Kräutertees und mit verschiedenen Tropfen zu heilen versuchten. Eine Dorfbewohnerin empfahl ihm eine Kur bei Pfarrer Kneipp in Wörishofen. Doch es wollte nicht besser werden.

Dann verließ ihn auch die Haushälterin.

Pfarrer Schreiber schrieb Rosa, die nun schon mehr als ein Jahr in Heiligenbronn im Kloster war, einen Brief, in dem er sie bat, zu ihm zu kommen. Sie war ja demnächst nicht mehr im schulpflichtigen Alter. Bald, so war geplant, würde sie eine Haushaltstelle antreten. Bis es so weit war, konnte sie sich im Pfarrhaushalt nützlich machen.

An einem schönen Abend im Sommer wartete Anton auf dem Bahnhof in Hechingen auf den von Horb kommenden Zug. Als der Zug einfuhr und Rosa von ganz hinten des Bahnsteiges in einem schönen Sommerkleid auf ihn zukam, war er vor Freude kaum mehr zu halten.

Es war für Pfarrer Schreiber klar, dass Rosas Verweilen im Pfarrhaus zu einem Problem werden konnte. Er suchte darum eine Haushaltstelle für sie. Das Mädchen trat die Stelle umgehend an, verließ sie allerdings nach relativ kurzer Zeit wieder und kehrte ins Pfarrhaus zurück. So spielte es sich in der Folge mehrmals ab.

Anton war nun fest gewillt, auch die Junginger Pfarrgemeinde für eine Kirchenrenovation zu gewinnen. Nach seiner Idee sollte das alte Satteldach durch ein Pyramidendach ersetzt werden.

Die nötige Geldsumme kam dank einer Taschenuhren-Lotterie zusammen. Damit hatte Anton bereits beim Kirchenumbau in Waldau Erfolg gehabt.

Die ersten Sommermonate des Jahres 1895 waren heiß und trocken. Doch als dann endlich der erste Regen fiel, schien es, er wolle nie mehr aufhören. Fast ununterbrochener Regen führte zu Hochwasser, das in die Keller eindrang.

Auch der beginnende Herbst brachte kein besseres Wetter. Bereits im Oktober waren die Tage kühl und unfreundlich. Verhältnismäßig früh fegten die Herbststürme über die Alb.

Die Menschen wunderten sich über die Kapriolen des Wetters. Das habe nichts Gutes zu bedeuten.

Rosa hielt sich auch im Herbst wieder für einige Wochen im Pfarrhaus auf. Obwohl der Pfarrhaushalt vorübergehend von einer Stundenfrau besorgt wurde, gab es auch für Rosa noch verschiedene Arbeiten, mit denen sie sich tagsüber nützlich machen konnte. Abends beschäftigte sie sich mit Handarbeiten oder las in einem Buch, so gut wie dies im Dämmerlicht der Öllampe möglich war. Seit sie aus dem Kloster zurückgekommen war, verschlang sie alles, was ihr in die Finger geriet. Mangel an Lesestoff gab es nicht. Im Zimmer bei Anton im Büchergestell konnte sie sich jederzeit bedienen. Von der Bibel bis zur Literatur der neueren Zeit war dort alles zu finden. Werke berühmter Philosophen wie Hegel, Kant und Schopenhauer standen im Regal. An solch schwerer Lektüre hatte sie kein Interesse. Sie konnte nicht nachvollziehen, was diese Leute eigentlich sagen wollten. Sie las lieber leichte Romane, und ganz besonders gefielen ihr die Jugendbücher der Schweizer Schriftstellerin Johanna Spyri.

Eines Tages entdeckte Rosa neu herausgekommene Schriften eines jungen Autors, Christian Morgenstern hieß er. Sie erinnerte sich, dass vor einiger Zeit Tante Karolinas Sohn Josef, als er sich nach seiner Priesterweihe wieder einmal im Pfarrhaus zu Besuch aufhielt, von diesem Mann verfasste Zeitungsartikel mitgebracht hatte. Anton und Josef besprachen sie ausführlich. Zuerst hörte Rosa der Diskussion der beiden nur halbwegs zu. Als sie aber die unterschiedliche Meinung zwischen Anton und

Josef bemerkte, wurde sie doch neugierig. Bei der nächsten Gelegenheit las sie dann selbst, was für Ansichten der junge Morgenstern unters Volk brachte.

Rosa stellte fest, dass es sich auch hier um Äußerungen handelte, an der die Kirche wirklich keine Freude haben konnte. Und ein erst kürzlich zum Priester geweihter junger Vikar wie Josef selbstverständlich auch nicht.

Christian Morgenstern war ein großer Verehrer der Philosophen Schopenhauer und Nietzsche. Wie Nietzsche, bloß etwas weniger vehement, lehnte er ein Gottesbild ab, wie es die Kirche im Alten und im Neuen Testament beschreibt. Er hielt fest: *»Mag man mich schelten, wie man will; in Kirchen werde ich nicht gehen, aber wenn ich einsam wandere in der schönen erhabenen Natur, dann will ich stehen bleiben, oder ins weiche Gras mich niederlassen, und will zu den Sternen empor sehen und auf die Felsen, die Bäume, die Bäche, und mein Geist wird alles bevölkern mit lieben Gestalten, mit Hoffnungen, Träumen, Erinnerungen – das wird mein Gebet sein zum ewigen Gott, dessen Werk ich spüre in meiner Brust.«*

Antons Büchersammlung war umfangreich. Sie bestand nicht nur aus Werken der berühmten Großen, Goethe und Schiller, sondern aus jenen der vielen Zeitgenossen, die mal mehr, mal weniger kirchenfeindliche oder gar atheistische Gedanken in Umlauf brachten.

Die letzten Oktobertage mahnten an den kommenden Winter. Für Anton brachte diese Zeit viele anstrengende Tage. Krankenbesuche, kirchliche Gedenktage, insbesondere die Vorbereitungen für Allerseelen und den Totensonntag nahmen ihn in Anspruch. Nebenbei beschäftigte ihn auch die Ausführung der

Arbeiten am neuen Kirchturm. Nicht alles verlief nach seinen Plänen und Wünschen. Und als die Tage immer kürzer und kälter wurden, machte sich auch seine Krankheit wieder stärker bemerkbar. Worte des reformierten Dichters Matthias Claudius kamen ihm in den Sinn: »*Der Mensch lebt und bestehet nur eine kurze Zeit, und alle Welt vergehet mit ihrer Herrlichkeit…!*«

Es war eines Abends, als Anton und Rosa wieder einmal gemeinsam im Wohnzimmer saßen. Der Regen klatschte ans Fenster. Rosa hatte versucht, im Ofen ein Feuer zu entzünden, aber der überaus heftige Wind drückte den Rauch durch den Kamin herunter. Sie gab auf.
 Rosa warf einen Blick zu Anton. Auch er fröstelte.
 Als er sich aufmachte, um ins Bett zu gehen, legte sie die Handarbeit auf die Seite, eilte in die Küche, holte die Bettflaschen hervor und füllte sie mit heißem Wasser.
 Die Schlafzimmertür des Pfarrers stand offen.
 Er lag bereits im Bett und lächelte sie an.
 Rosa blieb zwei Stunden bei ihm.

9.

Eine der letzten Bemühungen in meiner Ahnenforschung war der Schriftwechsel mit dem Bühler Amtsgericht. Das Staatsarchiv Freiburg im Breisgau schickte mir zwar nicht die gesuchten Gerichtsakten, dafür aber sechzig Seiten des Nachlasses. Dazu gehören die Kopien des von Anton eigenhändig geschriebenen Testamentes, Verzeichnisse über den Nachlass, Bestimmung des Vormundes für das noch minderjährige Kind Rosa und so weiter. Ich kam aus dem Staunen einmal mehr nicht heraus. Über hundert Jahre sind seit Antons Tod vergangen, und immer noch werden alle Akten fein säuberlich aufbewahrt.

So interessant all dies auch sein mag, über die einzelnen Schicksale dieser Menschen sagen die Schriftstücke nichts aus.

Ich muss gestehen, dass ich mich in die Gefühle und in das Handeln der im Leben Anton Schreibers eine Rolle spielenden Frauen nur schwer einfühlen kann.

Alle seine Nichten waren ihm über viele Jahre hinweg treu ergeben. Nur die älteste, Karolina, die als Erste seinen Haushalt besorgt und ein Kind von ihm auf die Welt gebracht hatte, sah Anton mit anderen Augen. Sie vermied nach der Geburt des Kindes jeden näheren Kontakt mit ihm. Erst nach einigen Jahren versöhnte sie sich im Interesse des Kindes wieder mit ihm. Aber auch Karolina versuchte Anton, was die Vaterschaft ihres Kindes anbetraf, immer zu schützen. Sie gab an, der Vater sei ein inzwischen verstorbener Bauernsohn aus der Nachbargemeinde ihres Heimatortes. Nicht alle Menschen, die ihr nahestanden, nahmen ihr dies ab. Sie ahnten, dass Anton der Vater des Kindes war, und sie vermuteten sogar, er habe zur Erreichung seiner sexuellen Wünsche mit Gewalt nachgeholfen. Trotzdem nahm ihn die ganze Verwandtschaft, wenn es nötig war, immer in Schutz.

Über das Verhältnis ihrer jüngeren Schwestern zu Anton äußerte sich Karolina immer kritisch. Noch im Alter sagte sie: »Die hatten schon von klein auf den Narren an ihm gefressen.«

Wieso dies so war, kann ich mir nicht richtig erklären. Theresa und Anna waren doch strenggläubige Katholikinnen und wussten, dass ihre intime Beziehung zu Anton sündhaft war. Was war es nur, das sie so innig mit ihm verband? Liebten sie ihn? Brauchten sie nicht nur seine seelische, sondern auch seine körperliche Nähe? Waren sie ihm hörig, von ihm abhängig? Oder hatten sie ganz einfach das Geld, das sie für die Besorgung seines Haushaltes von ihm erhielten, so dringend nötig? Schließlich hatten die Frauen in jener vergangenen Zeit nur ganz geringe Verdienstmöglichkeiten.

Ich habe Theresa, meine Urgroßmutter, nur einmal in meinem Leben gesehen. Es war im Jahr 1932, als unsere Familie sie besuchen ging. Es fiel ihr sichtlich schwer, freundlich und nett zu uns zu sein. Gefühle wie Liebe konnte sie uns schon gar nicht entgegenbringen. Aber sie gab sich redlich Mühe, uns korrekt zu empfangen; ihr angeborenes Pflichtgefühl half ihr dabei. Und schließlich waren wir nun mal da.

Unsere Präsenz erinnerte sie wohl sehr an ihre Geschichte – und die musste der strenggläubigen Katholikin eine schwere Last sein.

Viel ist es also nicht, was ich persönlich von unserer Urgroßmutter weiß, bei der mein Vater aufgewachsen ist. Ich kann mich noch erinnern, dass sie und eine Großcousine jedes Jahr einen Korb Bühler-Zwetschgen sowie Kastanien geschickt hatten.

Eine Geburt mit großen Schmerzen

Diesmal blieb Rosa für längere Zeit im Pfarrhaus. Das gab im Dorf zu reden. Man versuchte, über die Herkunft des Mädchens mehr zu erfahren. Manche fragten sie gleich selber, wer denn ihre Mutter, ihr Vater seien. Rosa antwortete ausweichend oder überhörte die Fragen einfach. Eines Tages aber erzählte sie dem Herrn Pfarrer davon. Dieser hörte zu und sagte kurzerhand: »Ich will es dir sagen, ich bin dein Vater!«

Am 1. April stellte Anton eine neue Haushälterin ein. Sie war eine ältere, freundliche Frau. Rosa ging nun nach Ebingen zu einer Näherin, damit sie etwas lernen und verdienen konnte.

Sechs Wochen später war Pfingsten. Auf einen Brief von Anton hin kam Rosa für zwei Wochen ins Pfarrhaus auf Besuch.

Es war Frühling. Der Garten musste neu bepflanzt werden. Das Interesse der Haushälterin galt in erster Linie dem Anbau von Salat und Gemüse, während Rosa lieber die Blumenbeete besorgte. Wirklich viel konnte sie allerdings nicht arbeiten, war ihr doch oft übel.

Auch Anton hatte viel zu tun. Pfingsten war ein wichtiges kirchliches Fest mit vielen Gottesdiensten. Und dann brachte auch der Kirchturmumbau mehr Arbeit und Sorgen mit sich, als er sich vorgestellt hatte. Leider hielt man sich bei der Ausführung nicht ganz an seine Pläne. Der Turm war zu kurz geraten. Bevor er sich jedoch eingehend damit befassen konnte, wurde er wieder krank.

Und wie er so am zweiten Tag im Bette lag, betrat plötzlich das Mädchen sein Zimmer und teilte ihm mit, dass es ein Kind von ihm erwarte.

Der Herr Pfarrer war erschüttert.

Von nun an drehten sich seine Gedanken nur noch um Rosa, die Schwangerschaft, die Konsequenzen und mögliche Auswege.

Wie erstmals zwanzig Jahre zuvor wollte Anton, dass das Kind in Straßburg geboren würde. Er dachte allerdings nicht daran, dass im Krankenhaus inzwischen nicht mehr die gleichen Leute arbeiteten und auch im Kloster der Barmherzigen Schwestern keine Nonne mehr lebte, die er persönlich kannte.

Und Anton vergaß, dass Rosa nicht die kräftige Theresa war, sondern ein zartes Mädchen.

Trotz der sommerlich leichten Tage herrschte im Pfarrhaus eine Bedrücktheit. Die Haushälterin konnte sich das nicht so recht erklären. Der Pfarrer hatte ihr gesagt, er habe seine Pflichten für ein paar Tage einer Aushilfe übertragen, denn er wolle am Freitag, 18. Juni, Rosa nach Straßburg begleiten, wo sie eine Haushaltstelle antreten werde. Zudem werde er seinen Verwandten im Bühlertal einen Besuch abstatten.

Während der ganzen Fahrt gab sich Anton große Mühe, Rosa den Aufenthalt in Straßburg angenehm zu schildern. Er würde für eine gute Unterkunft sorgen und so oft wie möglich auf Besuch kommen. Während der Fahrt entschloss er sich auch, dass er seine Nichte Juliana und seinen Neffen Alphons, die er auf dem Rückweg von Straßburg besuchen wollte, über die Angelegenheit informieren würde. Anton wusste, dass er mehr denn je auf ihre Hilfe angewiesen war. Straßburg war von Rittersbach aus leicht zu erreichen, und so konnten sich Juliana und Alphons, vor allem während der Geburt, um Rosa kümmern. Er wusste wohl, dass seine Nachricht bei den beiden große Empörung und Vorwürfe auslösen würde, aber letzten Endes würde er, wie das in der Vergangenheit stets der Fall gewesen war, auf ihre Hilfe zählen können. Er war auch sicher, dass sie seine Bitte, Theresa nichts vom Vorgefallenen zu erzählen, erfüllen würden.

In Straßburg angekommen, begaben sich Anton und Rosa zu einem protestantischen Gasthaus, das sich in der Nähe der Aurelienkirche befand. Anton bezahlte Kost und Logis für ein paar Wochen im Voraus und gab Rosa Geld für anderweitige Bedürfnisse.

Nach der Rückkehr von Straßburg und Rittersbach konnte Anton nur mit größter Anstrengung den Frühgottesdienst halten. Sein körperlicher Gesundheitszustand verschlimmerte sich von Tag zu Tag. Und nervlich war er dem Zusammenbruch nahe. Auch das Wetter trug nichts zu einer besseren Stimmung bei. Schon seit Tagen hing der Himmel voller düsterer Wolken, die keinen Sonnenstrahl hindurchließen.

Anton fühlte sich elend und krank. Bereits das Lesen der Frühmesse war ihm eine Qual, all seine Pflichten erfüllte er nur noch notdürftig. Auch die Freude am Turmumbau war völlig entschwunden. Was er mit viel Elan begonnen hatte, überließ er nun dem Schicksal. Zudem konnte er sein Versprechen nicht einhalten, das er Rosa gegeben hatte. An eine Reise nach Straßburg war jetzt nicht zu denken. Er konnte nur Briefe an sie schreiben und etwas Geld beilegen.

Am 15. Juli 1896 schrieb Pfarrer Schreiber an das Erzbischöfliche Ordinariat und teilte mit, dass er infolge einer

Erkältung und großer Anstrengung krank geworden sei. Er sei darum keinesfalls imstande, den regelmäßigen Gottesdienst zu halten. Seinem Schreiben fügte er ein Attest des Hechinger Oberamtsphysikus bei, in dem bescheinigt wurde, dass Anton Schreiber »*an einer Erkrankung des Herzens leidet (Vergrößerung der Herzensdämpfung, beschleunigte unregelmäßige Herzenstätigkeit, Stauungserscheinungen von Seiten der Bauchorgane, Kurzatmigkeit bei körperlichen Anstrengungen). Infolge dieses Leidens ist es unbedingt geboten, dass Herr Pfarrer Schreiber während mehreren Wochen absolute körperliche und geistige Ruhe beachtet, demnach keine Seelsorge ausüben darf.*«

Das Attest enthielt einen Zusatz der Medizinischen Klinik Tübingen, dass man sich den Ausführungen des Doktors voll anschließe. Das Ordinariat erteilte Pfarrer Schreiber daraufhin den Urlaub und stellte ihm einen Vikar zur Seite.

Im September erhielt er von einem entfernt verwandten Kollegen eine Einladung für das große Einweihungsfest der Pfarr- und Wallfahrtskirche zur Heiligen Dreifaltigkeit in Sasbachwalden. Schweren Herzens hatte er aus gesundheitlichen Gründen zunächst abgesagt. Als es ihm dann aber ganz überraschend etwas besser ging, schrieb er an Rosa, dass er bald auf Besuch kommen werde. Sasbachwalden lag sozusagen am Weg nach Straßburg. Und er hatte starke Erinnerungen an die Ortschaft: Dort hatte er in jungen Jahren auf einer Wallfahrt eine Beichte abgelegt, die ihn so sehr beflügelte.

Am Abend des 5. Oktober traf Pfarrer Schreiber in Straßburg ein. Rosa wohnte nicht mehr im Gasthaus, sondern in Untermiete bei der Familie Weckerle. Da Anton dort nicht übernachten konnte, holte er das Mädchen ab und mietete in einem Gasthaus ein Doppelzimmer. Anton hatte Zivilkleider an. Der Wirt machte sich über das ungleiche Paar kaum Gedanken. Im Gaststättenbetrieb war man vieles gewohnt.

Am folgenden Tag fuhren die beiden nach Mannheim, wo Anton in einer Gaststätte mit einer Hebamme wegen eines Pflegeplatzes für das Kind verhandelte.

Noch dauerte es einige Wochen bis zur Geburt.

Rosa hatte sich den Tag der Geburt schon lange herbeigewünscht. Doch dann kam er überraschend und in einer Härte, wie sie es sich nicht vorgestellt hatte. Über Nacht stellten sich die Wehen ein. Herr und Frau Weckerle bekamen es mit der Angst zu tun. Sie wollten in Anbetracht des jugendlichen Alters des Mädchens keine Verantwortung übernehmen und brachten es in die Straßburger Geburtsklinik. Gleichzeitig benachrichtigten sie, wie es vereinbart war, Rosas Tante Juliana.

Die Geburt verlief äußerst schwer. Zudem wurde das Mädchen mit Fragen gepeinigt. Man wollte unbedingt den Namen desjenigen erfahren, der die Vierzehnjährige geschwängert hatte, um es den Strafbehörden zu melden. Der Arzt, die Hebamme und auch die Krankenschwestern ließen Rosa keine Ruhe. Zunächst reagierte sie störrisch und gab überhaupt keine Antwort. Dann wieder sprach sie von einem Freund, einem jungen Burschen, der vor vier Monaten im Wald tödlich verunglückt sei. Als die Wehen immer heftiger wurden und Rosa die Fragerei mit Beschimpfungen beantwortete, überließ man sie vordergründig ihrem Schicksal. Nach Stunden war Rosa am Ende ihrer Kräfte und kaum noch fähig, klar zu denken.

Leise wimmernd sagte sie in ihrer Verzweiflung alles, was man wissen wollte.

Nach langen, leidvollen Stunden brachte Rosa in der Nacht vom 5. November 1896 ein Kind auf die Welt. Es war ein kleines, zartes Büblein. Rosa wünschte, dass es auf den Namen Franz Xaver getauft wurde. Franz war der Name des Pflegkindes, mit dem sie aufgewachsen war und zu dem sie ein herzliches Verhältnis hatte.

Erst später erfuhr Rosa, dass Franz ihr leiblicher Bruder war.

Als am andern Tag Juliana eintraf, hatte der Spitalpfarrer bereits den Erzbischof von Straßburg über die Geburt informiert.

An den folgenden Tagen kam Juliana noch ein paarmal auf Besuch. Auch Alphons, Rosas Onkel und Vormund, fühlte sich verpflichtet, nach Rosa und nach dem neu hinzugekommenen Familienmitglied zu schauen.

Alphons war wütend.

Diesen Skandal hatte allein Anton zu verantworten, und es war zu erwarten, dass er diesmal der Strafe nicht entrinnen konnte. Sonst war niemand in der Verwandtschaft in die Angelegenheit involviert. Auch Rosas Mutter Theresa wurde vorerst nicht informiert. Mit ihrer Hilfe konnte man ohnehin nicht rechnen. Sie war mit ihrer angeheirateten Familie und ganz besonders mit der Pflege ihres zweijährigen Kindes beschäftigt. An ihrer Stelle hatte ihre Schwester Juliana die Fürsorge für Rosa übernommen. Sie kündigte das Zimmer bei der Familie Weckerle und mietete ein günstigeres bei einer gewissen Witwe Brocker.

Am 14. November verließ Rosa das Spital, und zwei Tage später brachte sie das Kind in Begleitung von Juliana nach Schlettstadt zu einer Hebamme in Pflege. Das Kostgeld bezahlte sie für zwei Monate im Voraus.

In den Tagen nach Rosas Spitalaustritt traf auch Anton in Straßburg ein.

Am gleichen Tag, als man das Kind nach Schlettstadt zur Pflege brachte und Rosa anschließend ins Kloster zum Guten Hirten eintrat, reiste Anton nach Jungingen ins Pfarrhaus zurück.

Es ging ihm nach wie vor schlecht. In der folgenden Nacht erlitt er eine Herzkrise und ließ sich von einem Junginger Bürger, der im Dorf das erste Auto besaß, in die Tübinger Klinik bringen, obwohl er mit dem Vikar abgemacht hatte, dass er die Frühmesse selbst lesen würde. So kam es dann, dass beim Verstummen der Kirchenglocken weder der Pfarrer noch der Vikar erschien. Die Leute warteten vergeblich. Auch der Messdiener wusste nicht, was geschehen war, und beendete den Gottesdienst.

Rosa kam im Kloster wieder zu Kräften, aber wirklich gut ging es ihr nicht. Ein Mädchen, das mit fünfzehn Jahren ein Kind bekam, zählte man zu den sogenannten gefallenen Mädchen. Im Kloster betrachtete man es als Pflicht, das arme Geschöpf in Obhut zu nehmen und für sein Seelenheil zu sorgen.

Sie musste sich aber auch den Tatsachen stellen. Rosa wurde über ihr Verhältnis zu Pfarrer Schreiber befragt. Folgendes wurde schriftlich festgehalten:

Im Kloster zum Guten Hirten in Straßburg, an den Gittern eines Zimmers
  Den zwanzigsten November eintausendachthundertsechsundneunzig, zehn Uhr vormittags, von Herrn

Generalvikar Theodor Schmitt, unter Beihilfe des unterfertigten Generalvikars des Bistums Dr. Julian Chrysostom Joder als Notar.

Erscheint auf mündliche Vorladung.

Bevor sie verhört wird, wird ihr eingeschärft, dass sie, obgleich sie, wegen selbstverständlichen Gründen, nicht vereidigt wird, sie dennoch im Gewissen verbunden ist, die reine volle Wahrheit zu reden.

1. Rosa Scherer, geb. in Mülhausen, 26. Sept. 1881, katholisch, hat im Kloster zu Heiligenbronn ihre erste Kommunion gemacht; seit Juni in Straßburg; vorher bei einem geistlichen Herrn; ich habe nicht gerade gedient, war ungefähr ein Jahr dort, bei Herrn Pfarrer Schreiber in Jungingen (Hohenzollern); Mutter heißt Theresa Scherer; ich habe gehört, Herr Pfarrer Schreiber sei auch mein Vater; meine Mutter wohnt in Kappelwindeck seit drei Jahren; früher war sie Dienstmagd bei dem Herrn Pfarrer Schreiber; sie ist mit 20 Jahren zu ihm gekommen; als ich auf die Welt kam, war sie Magd bei diesem Herrn.

2. Sie möge sagen, wer sie nach Straßburg in ein protestantisches Haus zur Verpflegung gebracht hat; wer ihr zu diesem Zweck Geld gegeben hat und wie viel; aus welchen Gründen er sich veranlasst gefunden hat, ihr das Geld zu geben.

Antwort: *Der Herr Pfarrer hat mich selbst nach Straßburg gebracht, in ein Wirtshaus, bei der Aurelien-*

kirche, Schräder. Vom 18. Juni bis 13. Juli war ich dort zur Verpflegung. Er hat der Wirtin 50 Mark gegeben, mir ungefähr 30 Mark. Er hat mich hierhergebracht, weil ich in einem andern Stand war; er hat sich darum angenommen, weil ich von ihm in einen andern Zustand kam. Ich war oft im Pfarrhaus, wenn ich keine Stelle hatte. Er hat mich verführt und oft zur Sünde gebracht.

3. Ob und wem sie gesagt habe, wer der Vater ihres Kindes ist. Was sie diesen Personen gesagt hat und ob sie Briefe vorzeigen kann.
    Antwort: Im Spital habe ich es der Krankenwärterin gesagt. Er hat mir fünfmal geschrieben; ich habe aber die Briefe zerrissen.

Die kirchliche Obrigkeit sah keinen Grund, an den Aussagen des Mädchens zu zweifeln, und beauftragte darum umgehend das Dekanat Hechingen, Pfarrer Schreiber mittzuteilen, dass er vom Dienst suspendiert und am 25. November zur Einvernahme vorgeladen sei.

Am 22. November, noch am gleichen Tag, als Dekan Heyse das Schreiben des Erzbischoflichen Kapitelsvikariats erhielt, reiste er nach Jungingen, um es Pfarrer Schreiber zu eröffnen. Er traf dort aber den Gesuchten nicht an. Dieser befand sich in der Tübinger Klinik.

Der Dekan begab sich deshalb am folgenden Tag dorthin, um ihm die gegen ihn laufende Anklage zu eröffnen. Zunächst gab Anton auf die gemachten Anschuldigungen keine Antwort. Erst auf die Bemerkung des Dekans, dass er mit seinem Schweigen die Sache nicht besser mache, antwortete er: »*Ich kann mich nicht verteidigen, ich bin ein todkranker Mann.*«

In seinem Bericht über die Besprechung mit Anton Schreiber schrieb der Dekan an den Erzbischof: »*Als ich Anton Schreiber die Verhängung der Suspension mitteilte, hat dies auf ihn einen überwältigenden Eindruck gemacht. Er seufzte auf und weinte. Hat er schon vor der Mitteilung des Erlasses elend ausgesehen, so glich er nach der Eröffnung einer Leiche. Daran, dass Pfarrer Schreiber schwer krank ist und dass er die Reise nach Freiburg wahrscheinlich nicht unternehmen kann, besteht kaum ein Zweifel. Er hat große Schmerzen in den Füßen und eine Herzkrankheit.*«

Dekan Heyse kontrollierte zudem den Haushalt des Pfarrers und stellte fest, dass dort seit April eine gewisse Clara Ostberg Dienst tat, und das ohne kirchliche Genehmigung. Sie sei allerdings eine brave Person, die einen guten Eindruck mache. Pfarrer Schreiber habe ihr unlängst gekündigt und wolle sehr wahrscheinlich seine Nichte Juliana, eine Schwester von Theresa, als Haushälterin anstellen. Juliana halte sich bereits seit vierzehn Tagen im Pfarrhaus auf.

Am 10. Dezember wurde Rosa erneut befragt:

Im Auftrage des Hochwürdigsten Kapitularvikariates (von Freiburg/Baden), zu Straßburg, im Kloster vom Guten Hirten des Empfangszimmers im ersten Stock, den 10. Dezember eintausendachthundertsechsundneunzig, zehn Uhr vormittags, von Herrn Generalvikar

Theodor Schmitt – Aktuar: der Generalsekretär des Bistums, Dr. Julian Chrysostom Joder.

Nach Vorladung vom neunten des Monats erschien Rosa Scherer, fünfzehn Jahre alt, aus Mülhausen gebürtig, katholisch, welche von dem Herrn Generalvikar moniert wird, dass sie zwar nicht eidlich vernommen wird, sie aber im Gewissen verbunden ist, die reine und volle Wahrheit zu sagen, ohne irgendetwas zu verschweigen.

1. Wer der Zeugin gesagt habe, Pfarrer Schreiber sei ihr Vater.

Antwort: *Er selbst, in Jungingen voriges Jahr. Die Leute hatten mich vielfach gefragt, ob ich noch Vater und Mutter habe. Ich antwortete nicht. Ich habe dann einmal Herrn Pfarrer auf seinem Zimmer dieses erzählt; da sagte er mir, er sei mein Vater. Meine Mutter hat es mir nicht gesagt; ich habe sie seit zwei Jahren nicht mehr gesehen; sie ist jetzt verheiratet in Kappelwindeck.*

2. Wie oft, von wann bis wann jeweils sie sich im Pfarrhaus zu Jungingen aufgehalten habe.

Antwort: *Zum ersten Mal kam ich nach Jungingen vor zwei Jahren, am 3. Mai, als er dorthin kam. Ich war schon bei ihm in Liptingen und auch in Neuhausen. Ich war damals neun oder zehn Jahre alt. Meine Mutter war nicht mehr dort. Ich blieb in Neuhausen und Liptingen die ganze Zeit bei ihm, ging mit ihm nach Jungingen und blieb dort bis Dezember des nämlichen Jahres (also 1893). Dann ging ich nach Heiligenbronn, wohin mich Herr Pfarrer brachte. Er tat mich fort, weil man es ihm von Freiburg aus befohlen hatte. Ich blieb anderthalb Jahre in Heiligenbronn, bis Februar 1895, kam dann wieder nach Jungingen, auf einen Brief von Herrn Pfarrer und blieb bis April dieses Jahres.*

Im April ging ich nach Ebingen zu einer Näherin, wo ich blieb bis Pfingsten; Pfingsten ging ich wieder nach Jungingen, blieb bis 18. Juli. Seither nicht mehr dort gewesen.

3. Wann Pfarrer Schreiber sie zum ersten Mal verführt habe.

Antwort: *Oktober 1895. Den Tag kann ich nicht mehr bestimmt angeben, es war an einem Wochentage am Abend. Er hat mich in sein Bett genommen; ich wusste damals noch nicht, dass er mein Vater ist. Ich blieb bei ihm von 9 bis 11 Uhr nachts.*

4. Wie oft etwa später?

Antwort: *Am folgenden Tag, unter Tags, geschah es wieder. Ungefähr nach einem Monat geschah es wieder in der Nacht von 9–11 Uhr. Im Ganzen geschah es etwa sechsmal. Das letzte Mal war es, bevor ich nach Ebingen ging, in der Nacht. Als ich wieder zu ihm kam an Pfingsten, da ist es dreimal geschehen.*

5. Ob für diese sündhaften Beziehungen irgendwelche Beweismittel vorhanden seien (z. B. Zeugen).

Antwort: *Niemand hat etwas davon gewusst. Herr Pfarrer hatte mir verboten, etwas zu sagen. Meiner Mutter habe ich nichts geschrieben, sie weiß nicht, dass ich ein Kind habe.*

6. Welches der Inhalt der von Pfarrer Schreiber geschriebenen Briefe gewesen sei.

Antwort: *In Ebingen erhielt ich keinen Brief von Herrn Pfarrer, in Straßburg vier. Im ersten schrieb er, er sei krank, ich solle gut für meine Gesundheit sorgen, er hat darin 45 Mark geschickt (ich war nicht mehr im Gasthaus, sondern in der Blindengasse, bei Familie Weckerle). Im zweiten schrieb er, er würde am 15. August kommen. Im dritten (Ende September), er habe kommen wollen, sei aber durch Krankheit daran verhindert worden. In diesem Brief waren 50 Mark, er würde sobald als möglich kommen.*

Am vierten Oktober schrieb er, er würde kommen. Er kam an einem Montag. Ein Viertel auf sechs am Abend (in der Familie Weckerle), blieb bis den andern Tag; blieb bei mir die ganze Nacht und verleitete mich zur Sünde. Er nahm mich zu diesem Zweck in den Gasthof zur Post beim Bahnhof, er hatte Zivilkleider, mietete ein Zimmer für uns zwei; es waren zwei Betten im Zimmer; ich blieb nur eine halbe Stunde in seinem Bette, nachher benutzte ich für mich das andere Bett.

7. Wann sich ihre Schwangerschaft herausgestellt habe.

Antwort: *Im Mai habe ich wahrgenommen, dass ich schwanger war (in Jungingen); ich habe es Herrn*

Pfarrer gleich gesagt. Er antwortete mir, er würde mich nach Straßburg bringen. Es war, als ich von Ebingen zurückkam – Mai bis Juni.

8. Wo sie nach dieser Entdeckung bis zur ihrer Verbringung nach Straßburg sich aufgehalten habe.

Antwort: *Von Jungingen brachte mich Pfarrer Schreiber in das Gasthaus Schräder, Aureliengasse, Straßburg; er blieb die Nacht bei mir und beging wieder die Sünde mit mir; ich blieb dort bis 13. Juli. Dann ging ich in das Haus Weckerle bis fünften November. Dann brachten mich Weckerle und seine Frau in das Spital, wo ich blieb bis zum 14. November; dann ging ich nach Dambach (Schlettstadt) das Kind in Kost bringen und bezahlte bis Januar für dasselbe, und kam in den Guten Hirten 17. November, nachdem ich vom 15. Abend in der Büchergasse bei Witwe Brocker geblieben bin (Zimmervermieterin).*

9. Wie es kam, dass Pfarrer Schreiber selbst sie nach Straßburg verbrachte.

Antwort: *Der Pfarrer hat mich selbst dahin gebracht, weil er nicht wollte, dass es herauskommt. Als er zu Besuch zu mir kam, da ging er mit mir nach Mannheim, zu einer Hebamme, um ein Kosthaus für das Kind zu suchen. Die Hebamme heißt Höffner. Ich habe das Kind nicht dorthin gebracht, weil es zu teuer war. Die Unterredung geschah im Gasthaus beim Bahnhof, wohin der Herr Pfarrer die Hebamme durch jemand vom Gasthaus holen ließ.*

Genehmigt und unterschrieben, nachdem Zeugin erklärt hatte, alles, was sie gesagt habe, sei ganz der Wahrheit gemäß, sie könnte es eidlich bekräftigen.

Bereits einen Tag später sandte das Kapitelsvikariat die Protokolle an Dekan Heyse. Dieser wurde zudem beauftragt, Pfarrer Schreiber mitzuteilen, dass er vernommen werde und antworten müsse. Die Angabe, er sei todkrank und könne nicht antworten, sei nicht zu tolerieren. Der Dekan solle sich mit den Ärzten absprechen und verhindern, dass Schreiber die Krankheit als Ausrede missbrauche.

Als Dekan Heyse im Spital eintraf, war Anton Schreiber längst nicht mehr dort.

Anton hatte Juliana, die im Pfarrhaus weilte, kurz nachdem ihn der Dekan aufgesucht hatte, benachrichtigt und gebeten, für ihn das Nötigste einzupacken und nach Tübingen ins Krankenhaus zu bringen.

In einem Bericht des Klinikpfarrers wurde festgehalten:
»*1. Pfarrer Schreiber war hier in der medizinischen Klinik vom 17.–26. November 1896. Am 26. November verließ er plötzlich in der Morgenfrühe die Klinik; das Leiden hatte sich verschlimmert, die Füße, welche der Kranke bei seiner Ankunft noch gebrauchen konnte, waren gelähmt. Begleitet war Pfarrer Schreiber, wie man sagt, von seiner Haushälterin.*

2. Pfarrer Schreiber hat, so viel erinnerlich, ein Herzleiden (Besserung sei nicht zu erhoffen), dabei außeror-

dentliche Schmerzen in den Füßen, infolgedessen er sich oft krümmte und wand. Ob er, wenn solche Anfälle nachließen, hätte schreiben können, lässt sich nicht ohne weiteres sagen. Das ist sicher, dass er in seinen Anfällen ein wehes Jammerbild war.«

Über Schreibers Reiseziel ist hier nichts Sicheres bekannt: er soll, so wird gesagt, nach Baden-Baden und von dort nach Freiburg in eine Klinik gereist sein.

10.

Der Pfarrer schwängert sein Kind – das schlägt dem Fass den Boden aus!

Es fiel mir nicht leicht, mit dem Wissen um diese Ungeheuerlichkeit umzugehen, und es dauerte lange Zeit, bis ich sie irgendwie einordnen konnte. Man kann meinem Großvater einiges zugute halten und Verständnis entgegenbringen, wie ich das immer wieder versucht und getan habe – doch seine letzte Tat ist nicht zu verzeihen.

Immer wieder drängte sich mir die Frage auf, ob ich diese Familiengeschichte wirklich erzählen und publik machen soll. Schließlich geht es letzten Endes auch um ein Tabu, den Inzest. Betroffen davon ist eine weitverzweigte Familie, die bis nach Amerika reicht.

Der Sohn von Anton und Karolina wurde Pfarrer und reiste nach Boston aus. Ich hatte nie Kontakt mit ihm, aber in unserer Familie wurde viel über ihn geredet. Meine ältere Schwester hat ihm einmal auf Papas Wunsch hin geschrieben. Die Antwort war: Sie solle nach Amerika kommen. Er stellte ihr eine gute Ausbildung in Aussicht. Meine Schwester nahm das Angebot nicht an. Sie brachte den Mut nicht auf, Deutschland zu verlassen.

Nach heutigen Gesetzen wäre bereits eine Beziehung mit Theresa strafbar. Sie war ja eine Nichte von Anton, also die Tochter seiner Schwester. Und weil er mit dem daraus entstandenen Kind nochmals ein Kind zeugte, handelt es sich um Doppelinzest.

Und dieses aus Doppelinzest entstandene Kind, das ist mein Vater.

Man kann sich vorstellen, dass mir das Wissen um diese Zusammenhänge viel zu denken gab. Ich war versucht, gewisse Dinge dieser heiklen Familiengeschichte zuzuschreiben; zum Beispiel die Tatsache, dass mein Vater schnell laut werden und nervlich schwierigen Belastungen nicht standhalten konnte. Man weiß ja um die gesundheitlichen und psychischen Folgen von Inzest. Meine Großmutter, also Rosa, hatte stets heftige Kopfschmerzen. Schließlich brachte man sie wegen »geistiger Verwirrung«, wie es hieß, in die Nervenheilanstalt, wo sie alsbald verstarb. Sie war noch ganz jung, 23 Jahre alt. Im Verlaufe meiner Nachforschungen versuchte ich, bei der Heilanstalt Genaueres in Erfahrung zu bringen. Man teilte mir aber nur den Todestag mit, den 26. September – was gleichzeitig auch ihr Geburtstag war. Die Todesursache sei nicht vermerkt, hieß es. Das ist mir bis heute rätselhaft.

In der Familie wurde oft vermutet, unsere Großmutter sei an einem Hirntumor gestorben. Indiz dafür seien die Kopfschmerzen. Für mich gibt es eine einfache Erklärung: Bei so viel psychischer Belastung schon im Kindesalter und besonders in der Zeit der Schwangerschaft sowie danach muss man ja krank werden.

Man kann die ganze Geschichte auch von einer anderen Seite betrachten: Die jüngste Generation unserer Familie hat sieben gesunde, fröhliche Kinder zur Welt gebracht. Eine meiner Enkelinnen sagte kürzlich zu mir, als ich wieder einmal Bedenken hatte wegen der Veröffentlichung der Geschichte: »Ich wäre ja gar nicht auf der Welt, wenn Anton das Priestergelübde nicht gebrochen hätte. Und ich lebe gerne!«

In meinen Forschungen auf der Spur des Priesters und seiner Kinder gelangte ich auch an das Kloster zum Guten Hirten in

Straßburg, wo meine Großmutter nach der Geburt ihres Kindes bis zu ihrer Volljährigkeit gelebt hatte. Eine Nonne schrieb mir einen freundlichen Brief zurück, in dem sie mir die Kopie eines Eintrages über Rosa beilegte. Am Schluss des Schreibens versuchte sie mich wegen des Schicksals meiner Großmutter zu trösten. Es sei eben von Gott so bestimmt gewesen. Aber so gläubig bin ich nicht.

Meine frommen Ahnen mögen es mir verzeihen.

Der Sprung ins Wasser

Am 18. Dezember eröffnete der erste Staatsanwalt beim königlichen Landgericht in Hechingen gegen Pfarrer Schreiber eine Voruntersuchung wegen der Beschuldigung, ein Mädchen unter sechzehn Jahren verführt zu haben, und ordnete Untersuchungshaft an.

Der Untersuchungsrichter bat darauf die kirchlichen Behörden in Freiburg um die vorliegenden Untersuchungsakten, erhielt aber die Antwort, dass die Personalakte Schreiber nicht zur Verfügung gestellt werden könne. Solche Akten seien nicht für die Öffentlichkeit bestimmt und könnten aus prinzipiellen Gründen nicht von bürgerlichen Gerichten verwendet werden. Der Untersuchungsrichter möge doch die Punkte bezeichnen, über die er Auskunft wünsche. Die Kirchenbehörde werde darauf entscheiden, ob und inwiefern sie diesen Wünschen entsprechen könne.

Am 22. Dezember wandte sich der Untersuchungsrichter erneut an das Kapitelsvikariat. Ihm war in der Zwischenzeit bekannt geworden, dass er auch wegen Inzest zu ermitteln hatte. Der Untersuchungsrichter teilte den Kirchenbehörden mit, dass sie gemäß Bestimmungen des Strafgesetzbuches verpflichtet seien, die Akten preiszugeben. Er habe darum das Großherzogliche Amtsgericht Freiburg ersucht, dies zu veranlassen.

Einen Tag später schrieb ihm die Kirchenbehörde einen Brief, worin das Befremden geäußert wird über den ungewöhnlichen Ton des erhaltenen Schreibens. Man verwahrte sich erneut dagegen, die Akten herauszugeben. Schließlich seien die Dokumente die Frucht innerkirchlicher Untersuchungen beziehungsweise »einer freien Jurisdiktion«, die vom Staat gewährleistet werde. Die interne Rechtsprechung werde aber zukünftig unmöglich gemacht, wenn man jederzeit damit rechnen müsse, Akten herauszugeben, allein weil weltliche Gerichte diese benutzen wollten, um Anhaltspunkte für Gerichtsverfahren zu erhalten.

Von Tübingen war Anton zusammen mit Juliana in sein Heimatdorf Rittersbach gereist, wo die Nichte lebte, zusammen mit ihrem Bruder Alphons und dem Pflegekind Dorothea, einem seiner Kinder. Anton erholte sich ein wenig, dachte über die weiteren Schritte nach und erledigte dann die entsprechenden Formalitäten. Er stellte seinem Neffen eine Vollmacht aus, den Pfarrhaushalt in Jungingen aufzulösen.

Am 12. Dezember reiste Priester Schreiber ab, Richtung Norden.

Einige Tage später kam Neffe Alphons seiner Pflicht nach. In einem Schreiben an die Kirchenbehörde erwähnte er, sein Onkel Anton Schreiber verzichte aus gesundheitlichen Gründen auf seine Pfarrstelle in Jungingen. Der Hausstand werde demnächst versteigert. Der Pfarrer selber sei zur Behandlung seiner Krankheit nach Avricourt in Frankreich gereist, das rund

70 Kilometer von Straßburg entfernt liegt. Den Namen des Spitals und die Adresse könne Alphons nicht angeben.

Die umgehenden Ermittlungen ergaben, dass diese Angaben nicht zutrafen. Man nahm an, dass eine falsche Spur gelegt werden sollte. Bekannt war, dass Anton Schreiber in Amerika Verwandte hatte.

Während seiner Flucht konnte Anton Schreiber auf die Hilfe seines Sohnes Josef zählen, der inzwischen auch Priester war und als Vikar in der Kirche Notre-Dame in Le Havre arbeitete. Josef besorgte seinem Vater ein Billett für die Überfahrt nach Amerika und buchte ein Zimmer im Hôtel de Londres, in dem noch weitere Auswanderer auf das Schiff warteten, das sie weit weg bringen würde.

Anton war der erste Passagier, der das Schiff betrat. Es war kurz vor Weihnachten. Und noch zwei Tage sollte es dauern, bis das Schiff ablegte.

Am zweiten Tag nahm Anton Stimmen wahr und Bewegung, draußen auf dem Quai. Er setzte sich von seinem Bett auf und spähte aus dem kleinen Fenster. Als er die Polizisten sah, war jeder Schmerz vergessen.

Er rannte auf Deck.

Und sprang über Bord, ins eiskalte Wasser.

Pfarrer Schreiber wurde vor dem Ertrinken und Erfrieren gerettet und ins Krankenhaus eingeliefert. Bereits bei der Einlieferung ins Krankenhaus schien klar, dass er nicht mehr lange leben würde.

An seinem Bett saß eine Nonne, die ihn liebevoll pflegte und ohne Unterlass für ihn betete.

Am 30. Dezember wurde der Spitalpfarrer beigezogen. Dieser versah den Patienten Schreiber mit den heiligen Sterbesakramenten.

Am 4. Januar 1897 erhielt das Ordinariat die Nachricht, dass Schreiber im städtischen Hospital von Le Havre verstorben sei: »*Genannter Priester Anton Schreiber ist am 30. Dez. 1896 nachmittags um halb fünf Uhr gestorben, und zwar recht erbaulich, nachdem er die für das hier stattfindende Partikular-Jubiläum gesetzten Bedingungen erfüllt hatte.*«

Bereits einen Tag nach seinem Tod wurde Anton begraben. Die Polizei überprüfte routinemäßig die Identität des Verstorbenen. Das kaiserlich deutsche Konsulat in Le Havre leitete die entsprechenden Unterlagen nach Deutschland weiter, woraufhin das Untersuchungsverfahren eingestellt wurde. Die Behörden zogen umgehend den Steckbrief des gesuchten kriminellen Priesters zurück, den sie in verschiedenen Zeitungen hatten veröffentlichen lassen. Sie handelten, wie es hieß, im Interesse der Kirche.

Fidel Schreiber ⚭ Kreszenzia (geb. Stoll)

```
Margaretha   Joseph   Amalia   Kreszenzia   Bernarda   Cäcilia   *Anton*

Margaretha ⚭ Timotheus

Karolina   Anna   Juliana   Alphons   Theresa

Karolina + *Anton*   Anna + *Anton*           Theresa + *Anton*

Josef             Kind †           Paul   Franz   Dorothea   Rosa   Magdalena

                                                           Rosa + *Anton*

                                                              Franz Xaver
```

Die Namen in diesem Stammbaum entsprechen den geänderten Namen im Text.
Anton Schreiber zeugte Kinder mit seinen Nichten Karolina, Anna und Theresa sowie mit seiner eigenen Tochter, Rosa. Dieses Kind, Franz Xaver, ist der Vater der Autorin.

Dank

Zunächst möchte ich mich bei allen Personen bedanken, die mir bei meiner intensiven Ahnenforschung bereitwillig und geduldig geholfen haben. Es sind dies vor allem Beamte und Mitarbeiter vieler Institutionen wie zum Beispiel:

Stadtgeschichtliches Institut Bühl
Generallandesarchiv Karlsruhe
Erzbischöfliches Archiv Freiburg
Centre Départemental d'Histoire des Familles, Guebwiller
Archiv für Familienforschung, Pratteln

Ganz herzlich sage ich auch allen Leuten Dankeschön für die Gespräche anlässlich meiner Besuche in den einzelnen Lebensstationen meiner Vorfahren. Verschiedentlich konnten sich alte Menschen an gewisse Begebenheiten erinnern, die ihnen ihre Großeltern erzählt haben. Auch haben sie mich auf bestehende Chroniken hingewiesen, durch die ich Einblick in die Zeit meiner Vorfahren bekam.

Nicht zuletzt möchte ich mich bei meinem Vater bedanken für das, was er gelegentlich von seiner unglaublichen Lebensgeschichte – trotz allem verständnisvoll – erzählt hat. Es tut mir heute leid, dass ich ihm als Kind nicht aufmerksamer zugehört habe. Dabei wusste er selber nur ganz wenig vom Leben seiner Eltern und Großeltern, in der Familie wurde kaum darüber geredet. So hoffe ich, er würde sich über meine Nachforschungen freuen.

Edith Flubacher